柑橘ゆすら
イラスト 青乃下
キャラクター原案 長月郁
JN043429
5
王立魔法学園の最下生
～貧困街《スラム》上がりの最強魔法師、貴族だらけの学園で無双する～

アルス・ウィルザード
昼は王立魔法学園の学生、
夜は魔法師ギルド《ネームレス》の最強暗殺者《アサシン》だったが、
王都暴動後は《ネームレス》をやめさせられる。
パーティーでの大凶事――！
しかし、アルスは冷静沈着。
正確無比に銃弾を捻じ込む!!
やれやれ。
この惨状《さんじょう》では、
あまり時間をかけていられる
余裕はなさそうだな。
俺はジャケットの内ポケットから
銃を抜いて、トリガーを引く。

ガキンッ！
次の瞬間、
少し驚くべきことが起こった。
俺の銃弾は、
ドラゴンの皮膚《ひふ》によって
弾き返されることになったのだ。
なるほど。
高位のドラゴンというだけあって
一筋縄《ひとすじなわ》ではいかないようだな。

CONTENTS

THE IRREGULAR OF
THE ROYAL
ACADEMY OF MAGIC

ダッシュエックス文庫

王立魔法学園の最下生5

~貧困街《スラム》上がりの最強魔法師、貴族だらけの学園で無双する~

柑橘ゆすら

―プロローグ―　その後の日常　～史上最強の一般市民～

俺こと、アルス・ウィルザードは、幼い頃より、闇の世界に身を置いている裏の魔法師である。

いや、裏の魔法師だったという過去形で表現しておくべきか。

王都の騒乱事件が起きてから数カ月が経ち、荒廃としていた街並みは、次第に落ち着きを取り戻していった。

まるで、あの大事件は最初からなかったかのような雰囲気《ふんいき》だ。

良くも悪くも時間の流れというものは残酷《ざんこく》だ。

どんな凄惨《せいさん》な事件が起きても、時間は全てを洗い流すということなのだろう。

人々の記憶から今回の事件が消えるのも案外、遠くない未来の話なのかもしれない。

『アルス・ウィルザード。本日をもって、お前は脱隊する』

あの事件の後、俺は組織を脱退した。

国家の治安を守る秘密組織も、人々の生活を脅《おびや》かすテロ組織も、今となっては俺にとっては関係がない。

遠い昔の話だろう。

こうして俺は正真正銘《しょうしんしょうめい》、普通の学生となったわけだ。


「おっ。今日の主役の登場だな」

今日は《暗黒都市《バラケノス》》にあるアジトの中で、俺の脱退祝いが催《もよお》されることになっていた。

いつもの酒場には、いつものメンバーが集まっていた。

「それでは、我が息子の晴れの日を祝って盛大に乾杯といこうじゃねーか！」

なみなみ注がれた酒を片手に上機嫌な彼の名前は、ジェノス・ウィルザードという。

血は繋《つな》がっていないが戸籍上は、俺の父親ということになっている。

今は酔っ払いにしか見えないが、昔は《金獅子》の通り名を与えられた凄腕《すごうで》の暗殺者《アサシン》だったらしい。

「ふっ……。今日ほど酒が旨《うま》い日はないぜ」

ここは冒険者酒場ユグドラシル。

《暗黒都市《パラケノス》》の裏路地にひっそりと存在するこの酒場は、俺たち組織が頻繁《ひんぱん》に利用する店であった。

「いいか。アルよ。今のお前さんは、組織とは何も関係のない一般市民だ。そこで一つだけ言っておきたいことがある」

宴もたけなわのタイミングで、いつになく真剣な口調で親父《おやじ》は続ける。

「金輪際《こんりんざい》、人殺しは禁止だ。汚れ仕事は、オレたちプロに任せておけばいい。アルは可能な限り『普通の学生』としての生活を心がけてくれ」

なるほど。

たしかに普通の学生は間違っても『人殺し』なんてするものではなさそうだ。

今までの俺は、昼は学生をしながら、夜は組織のメンバーとして働いていた。

だが、この体制は過去の話だ。

世界が平和になって組織で働く必要がなくなった以上、今は、学生としての生活に集中していくのが筋というものなのだろう。


「アニキ！　それがいいっスよ！」


親父の意見に同意するのは、見覚えのあるツンツン頭の男であった。

男の名前はサッジという。

何かにつけて力任せの仕事振りを見せることから、組織から猛牛《バッファロー》の通り名を与えられた男であった。


「大丈夫！　アニキは大船に乗った気持ちでいてください！　今後は街で何か事件が起きても

オレが全部なんとかしますから！」

お前が言うのか。

サッジのような手間のかかる後輩がいるから、俺としては不安が尽きないのだよな。

「まあ、今はそれでもいいと思うわ。アルが本当の意味で『普通の学生』として生きていけるかは甚《はなは》だ疑問ではあるけどね」

続けて俺に声をかける美女の名前はマリアナという。

彼女の言葉には一理ある。

普通の学生としての立ち振る舞い、というのは、俺にとって想像のつかないものだ。

俺にとっては、ある意味、組織の任務よりも難易度の高いミッションなのかもしれない。

「ボクは別にどうでもいいです。アルス先輩は精々、学園で遊び惚《ほう》けていて下さい。腑《ふ》抜《ぬ》けた先輩には興味がありませんから」

冷たいコメントを残した男の名前はロゼという。

最近になって《ネームレス》に再加入した期待の新人である。

どうやらロゼは俺が学園に通っていること自体、あまり良く思っていないようだ。


「ちなみにロゼ。お前さんはアルの二歳下だったな」

「ええ。それがどうかしましたか？」


ジョッキを片手に不機嫌そうにロゼが返事をする。

ちなみに、ここにいるメンバーを年齢順に並べると　ロゼ　＜　俺　＜　サッジ　＜　マリアナ　＜＜＜＜＜　親父　という感じになる。

サッジは後輩面《づら》をしているが俺より五つも年上だ。

組織に入ったのは、俺の方が先なので『年の離れた後輩』ということになっている。


「二年後にはお前が学園に入ることになるからな。覚悟をしておくように」

さもそれが当然のようにサラリと親父は言う。

「なっ……。何故ですか⁉　ボクには学園なんて必要ありません！」

両手でテーブルを叩いたロゼは激しく否定する。

ふうむ。学園に通うことに対して、とてつもなく拒絶感があるのだろうな。

こんなに取り乱しているロゼを見るのは随分《ずいぶん》と久しい気がする。

「新体制となった組織《ウチ》のルールだ。無免許の魔法師は、今後、籍を置くことができなくなるんだよ。悪いが、コイツは上層部の命令で誰も逆らえるものじゃねえ。コンプライアンスの強化っていうやつだな。ガハハハ！」

親父のやつ、他人事《ひとごと》だと思って完全に面白がっているようだな。

裏社会に生きる魔法師が学園に通う苦労は、今のところ俺にしか理解できないことだろう。

「そ、そんな……。このボクが、あの低レベルな場所に通うことになるのか……？」

親父から理不尽な命令を受けたロゼは頭を抱えているようだった。

「これではまるで拷問《ごうもん》ではないか……⁉」

拷問は流石《さすが》に言いすぎだとは思うけどな。

少し可哀想《かわいそう》に思えてもくる。

ロゼは俺以上に『融通《ゆうずう》が利《き》かない』性格をしているのだ。

学園での生活は、さぞかし堪《こた》えるに違いない。

「まあ、辛気臭《しんきくさ》い話はこの辺にしておこう。せっかくの祝いの席が台無しになるからな」

何はともあれ、こうして俺は正式に組織を脱退した。

世界は平和になったのだ。

今までのように学園に通いながら、戦いの日々に明け暮れることは、もはやないだろう。

仲間たちが他愛《たわい》のない雑談に花を咲かせる中――。

少なくとも、この時の俺はまだ呑気《のんき》にそんなことを考えていたのだった。

一話　授業の光景

所変わって、ここは王立魔法学園の一年生教室である。

今日から俺は『普通の学生』としての生活をしなくてはならない。

「おはようございます。アルスくん」

最初に声をかけてきたのはレナだ。

赤髪のお団子&ツインテールが特徴的な女であった。

優等生的な雰囲気《ふんいき》を醸《かも》し出しながらも、無駄に行動力のあるレナには、これまでにも幾度となく振り回されてきたような気がする。

「おはよー。アルスくん」

続いて俺に声をかけてきたのは、青髪のショートカットが特徴的なルウという女であった。

おっとりとした柔らかい雰囲気に騙《だま》されてはならない。

暫《しばら》く接して分かったのだが、このルウという女は、なかなかに腹黒い面があり、気の抜けないところがあった。

「ワタシ、感激しました！　アルスくん、今日で十日間の連続通学を記録していますよ！　新記録です！」

キラキラと眼を輝かせながらレナは言う。

おそらく悪気はないのだろうが、なんとなくバカにされているように感じるな。

「アルスくんが真面目《まじめ》に学校に通うなんて……。どういう心境の変化があったんだろうね」

二人とも、俺が普通に学園に通っている姿が珍しくて仕方がないようである。

「別に。これくらい普通だろう。学生の本分は、学園に通うことにあるからな」

「「……………」」

何故だろう。

素直に思ったことを伝えると二人は、益々と疑いの目を向けているようであった。


〜〜〜〜〜〜〜〜〜〜〜〜〜〜〜〜


さて。朝の挨拶《あいさつ》を済ませると、一時間目の授業がスタートする。

ここ最近の悩みの種は、いかにして退屈な授業を切り抜けていくかということであった。

「それでは昨日の復習から始めるぞ。まずは、付与魔法の基礎についてだが――」

教鞭《きょうべん》を執《と》るのは、ブブハラという教師だ。

この教師は、入学試験からの付き合いで、何かにつけて俺を目の敵《かたき》にするので非常に面倒な存在なのだ。

困ったな。やることがない。

普通の学生というのは、かくも退屈なものなのだろうか。

そもそも『普通』とはなんだ。

人間、誰しもが他人とは異なる『異常な要素』を持ち合わせているものなのだ。

もしも全ての要素が中央値で構成されている人間がいるのだとしたら、それはそれで『異常』な人間になるだろう。

であれば、俺が目指すべき『普通の学生』というのは、一体、どんな人物像のことを指すのだろうか。

「即《すなわ》ち、魔力の伝導率を上げるためには、その物質の構造を理解する必要があり――」

随分《ずいぶん》と抑揚《よくよう》のない、眠くなる声で話すのだな。

考えた方によっては、この授業は新手の拷問と言えるのかもしれない。

「クソッ……。なんて情報量だ!?　ノートに書き写すのがやっとだぞ……」

「ああ。だが、このハイレベルな授業内容こそ、選ばれし貴族たちが集まるエリート校に相応《ふさわ》しい」


いやいや。

別に授業レベルそのものが高いわけではないのだぞ？

単に、この教師に最初から教える気がないというだけである。

早口で生徒たちを振るい落とすような授業に、なんの価値があるというのだろうか。

はあ。こんな授業を、あと二年以上も受け続けなければならないのか。

まったくもって、気が重いところだな。

「では、この問題をそこにいる庶民《しょみん》！　教壇《きょうだん》に立ち、解いてみせよ！」

などということを考えていると、唐突《とうとつ》に教師から声をかけられる。

やれやれ。

俺が考え事をしていて、集中力が欠けていたところを衝《つ》いたつもりになっているのだろう。

「分かりましたよ。ティーチャー」


黒板に書かれている内容をザッと確認してみる。

ふむ。この問題のレベルは、明らかに一年生のレベルのものではないな。

俺がアッサリと解いてしまったら、またしても余計な注目を浴びてしまうことになるだろう。

さてさて。どうしたものか。

今回の問題は、間違っても『普通の学生』には、即答できるようなものではなさそうだ。

であれば、ここは、わざと間違えたふりをするのが正解ということだろう。


いや、待てよ。


普通の学生はわざと問題を間違えて書くことはないか。

演技をしてまで普通の学生を演出するのは、俺が目指すべきものとは違うような気がするな。

あくまで『自然体』でいることが『普通の学生』でいるための最低条件だろう。

「ぐふふふ。さしもの貴様も悩んでいるようだな。このワシが三日三晩、寝ずに考えた難問中の難問。庶民の学生ごときに解けるはずがあるまい」

たしかに悩んでいることには違いないのだが、ブブハラは何か勘違いをしているようである。
だが、今日だけは、この男に感謝だな。
おかげで、今後のスタンスが決定した。
今後の目標である『普通の学生』として生活を送る上で、『自然体』というのを一つのテーマにすることにしよう。

「これでいいですか。ティーチャー」
「ぐぬっ。ぐぬぬぬ……」

チョークの粉を手で払いながら即答してやると、ブブハラは悔《くや》しそうに臍《ほぞ》を噬《か》んでいるようであった。

「あとここ。問題文に少し矛盾《むじゅん》がありましたので訂正《ていせい》をしておきました」

「あがっ。あががが……」

親切心で間違いを指摘してやると、ブブハラは泡《あわ》を吐いて動揺《どうよう》しているようだった。

「畜生《ちくしょう》。あの庶民、どうしていつも完璧《かんぺき》なんだ……」

「庶民のくせに。いつも目障《めざわ》りったら、ありゃしないぜ」

男子のクラスメイトたちからの視線が痛い。

やはり余計な注目を浴びてしまったようだな。

「ねえ。思ったんだけど、アルスくんって、もしかして実は優良物件なんじゃない……？」

「分かる。最近、少し変わったよね。雰囲気《ふんいき》が柔らかくなった」

女子生徒たちの注目も集めてしまったようだ。

内容を全て聞き取れたわけではないのだが、こちらは好意的な意見が多いようだな。

「むう。ライバル出現の予感です」

「私たちもボーッとしていられないね」

女子生徒たちの反応を受けたレナとルウは何やら秘密の会話をしているようだ。

ふう。思わないところで、悪目立ちはしてしまったが、今日のところは良いとしておこう。

俺が『自然体』の行動を続けていれば、直に彼らも慣れていくだろう。

２話　体力訓練

それから。

俺が『普通の学生』としての生活を送るようになってから数日の時が流れた。

やや退屈さを感じることもあるのだが、今のところは充実した学園生活を送ることができている。

「生徒諸君。今日はキミたちに新しい訓練を受けてもらおうと思う」

今回の『体力訓練』の授業を担当してくれるのは、俺たちクラスの担任教師であるリアラである。

担任教師であるリアラは、この学園の中では珍しく『貴族主義』の思考に染まっていない中立的な価値観の持ち主であった。

「新しい訓練……。一体、何をさせようっていうんだ……」

「リアラ先生のことだ。きっと厳しいものに違いないぜ……」

体育館に集まった生徒たちがざわつくのも無理はない。

今日の授業は、普段とは少し様子が違うようだ。

具体的に言うと、今回の授業は俺たちクラスの単独ではなく、隣のクラスと合同で行うものらしい。

通常の授業の二倍の尺を取っていることからも、大掛かりな企画であることが予想できる。

「今日の訓練で使うのはコレだ」

リアラが意味深な台詞《せりふ》を口にすると、体育館に設置された機械からボールが飛んできた。

なるほど。

他の連中は、呑《の》み込めていないようだが、大まかに情報は理解できた。

つまり彼女は『アレ』をやらせるつもりなのだろうな。

「バスケットボールと呼ばれる魔法球技だ。庶民《しょみん》の間で長らく親しまれていたものだが、最近は貴族の間でも流行の兆《きざ》しを見せている」

ふうむ。バスケットボールとは、《暗黒都市《パラケノス》》のストリート街を中心に独自の発展を遂《と》げてきたスポーツだ。

二つのチームに分かれて、籠《かご》の中にボールを入れる回数を競うものである。

「注意してほしいのは、このボールには決して触れ続けることができないということだ。もしも触れ続けることになれば……」

三秒ほどボールに触れ続けたリアラは、手にしたボールを宙に投げる。

その直後、パンッ！　という小気味のよい音を上げて、魔力で作られたボールは破裂することになった。

「こんな感じで、痛い目に遭《あ》うことになるぞ。ボールを破裂させてしまったチームは、ペナルティーを受けるルールだ」

ふむ。これは魔法を使える貴族が加えたオリジナルのルールだな。
貧困街《スラム》で普及していたバスケットボールは、コートとボールが揃えば、遊べるシンプルなものであった。

「でもよぉ。先生。ボールに触れ続けることができないなら、どうやって、あの籠まで運ぶんだよ？」

「それについては問題ない。こうやって、ボールを跳ねさせながら移動をすれば、容易に移動ができるぞ」

右手でボールを継続してバウンドさせたリアラは、そのまま籠の下にまで移動する。
走ってきた勢いをそのままに跳躍したリアラは、そっとボールを置くようにして籠の中に投げ入れる。

レイアップシュート、と呼ばれるテクニックだ。
籠の下でしか使うことができないが普通のシュートよりも、より確実性の高いものとして知られている。

「詳しいルールは、これから配るプリントに書いてあるので目を通してほしい。これより十分後に試合《ゲーム》を始める」

やれやれ。

一体、何が悲しくて、球遊びに興じなければならないのだろうな。

だが、これも『普通の学生』としての生活を送る上で避けることのできない試練とも言えるのかもしれない。

今の俺に必要なのは、血腥《ちなまぐさ》い仕事の現場よりも、同級生たちと球遊びをする時間なのだろう。

〜〜〜〜〜〜〜〜〜〜〜〜〜〜〜〜

でだ。

各々《おのおの》、ルールの内容を把握《はあく》した生徒たちは、コートに並んで試合《ゲーム》の準備に入っていた。

俺たち１Ｅのチームと相対するのは、隣のクラスである１Ｄの生徒たちである。

「知っているぜ。お前、アルス・ウィルザードだろ」

屈みながら、靴紐《くつひも》を結んでいると何者かに声をかけられる。

むう。知らない顔だな。

どうやら隣のクラスの生徒のようである。

「まさかオレたちが庶民を相手に勝負することになるとはなぁ」

「はぁ。神聖なる王立魔法学園のレベルも地に墜《お》ちたものだぜ」

何やら一周回って、新鮮なリアクションが返ってきたな。

おそらく隣のクラスにいる連中は、俺の実力について、よく知らないのだろう。

「お、おい。バカ。やめておけよ……」

「あまり認めたくはないが、そこにいるのは普通の庶民じゃないぞ……」

同じクラスの男子たちは俺を擁護《ようご》する立場に回っているようだ。

なんとも妙な感じだな。

いつもはバカにしてくるクラスメイトたちが、今日に限っては味方でいてくれるらしい。

「ハッ……。庶民を相手に何をビビっているんだ。コイツらは」

「まったくだ。同じ貴族として嘆《なげ》かわしい。恥《はじ》を知ることだな」

チームメイトの警告があったにもかかわらず、敵チームの男子たちは完全に油断しているようだ。

まあ、嫌でも力の差を理解することになるだろう。

悪いが、こちらは手を抜く気はサラサラない。

この学園で生活する以上は、『自然体』でいることを優先すると決めたばかりなのでな。

「それでは試合《ゲーム》、開始！」

リアラの掛け声と共に機械からボールが放たれる。

事前にルールブックで確認したところ、この空中に放たれたボールを取ったチームが先行して攻撃を仕掛けることができるようだ。

天高く跳躍した俺は、ボールをキャッチする。

俺は跳躍の勢いをそのままに、敵陣の籠に向かって、そのままボールを入れてやることにした。

ふう。まずは一点、獲得だな。

手にしたボールをそのまま籠に叩き込んでやる技術は、ダンクシュートと呼ばれている。

更に細かく言うと、空中でキャッチしたボールをダンクシュートにまでもっていく技術は、アリウープ・ダンクシュートと呼ばれており、よりハイレベルなものとして知られていた。

「「「なっ……」」」

ゲーム開始から初ゴールまでの時間は、一秒を少し切るくらいだったかな。

その場にいた人間たちは、何が起こったのか分からずに硬直しているようだった。

「アルスのゴールを認める。1Eは一点獲得だ」

現実を突きつけるようにしてリアラは、スコアボードに点数を記入する。

「た、たまたまだ！　偶然さ！」

「オレたち貴族が庶民《しょみん》を相手に負けるはずがないだろ！」

どうやら敵チームは、現実逃避をしているようだな。

いつまで、そうしていられるか見ものだな。

次のセットで更なる現実というものを突き付けてやることにしよう。

「このままではゲームにならないな。少し角度を変えるか」

ボールの発射台の前に立ったリアラは、何やら意味深な言葉を口にしているようだった。

どうやら次のセットが始まるようだ。

ポンッ！


小気味のよい発射音と共にボールがフワリと宙に浮く。

ふむ。今度のスタートは、最初の時と比べて甘くはないようだな。

「おい！　先生！　何処《どこ》に飛ばしているんだ⁉」

「こんなボール！　誰も取れるはずがないだろ！」

他の生徒たちが騒ぐのも無理はない。

今回のスタート・ボールは、天井ギリギリの高さまで飛んでいるようだ。

おそらくリアラにとっては、開幕のダンクシュートを封じ込める意図があったのだろう。

ふむ。たしかに高いが俺にとっては、届かない距離ではないな。

天高く跳躍した俺は、ボールをキャッチする。

俺は、敵陣の籠《かご》に向かって、そのままボールを叩きつけてやることにした。

ドシャアアアッ！

凄《すさ》まじい音が体育館に鳴り響いて、ゴールネットが揺れる。

ふう。これで二点目だな。

だが、俺としたことが迂闊《うかつ》だったな。

今回のゴールには、一つだけ大いなる反省点があった。

「すいません。籠を壊してしまったようです」

むう。力加減が難しいな。

今回のゴールには十メートル以上の跳躍が必要だったので、必要以上に勢いがついてしまったようである。

「……問題ない。私が魔法で直しておこう」

ふむ。どうやらリアラは、修理魔法の心得があるようである。

リアラが直さないのであれば、俺が自分で修復魔法をかけるところであったのだが、余計な手間が省《はぶ》けたみたいだな。

「信じられねえ……。この庶民、何者だよ」

「オレたちは一体、何を見せられているんだ……？」

今回のゴールでようやく実力の差を痛感したのだろう。

隣のクラスの生徒たちは、試合《ゲーム》の開始位置から一歩も動くことができずに愕然《がくぜん》としているようであった。

「……アルス。とても言いにくいのだが、次のセットからはダンクシュートを封印してくれ。このままでは、まるでゲームにならない」

他の生徒たちには聞こえないようリアラが耳元で囁《ささや》いた。

「分かりましたよ。ティーチャー」

教師の命令であれば仕方がないな。
リアラの言葉にも一理ある。
本来、このバスケットボールという競技の醍醐味《だいごみ》は、チームプレイにあるからな。
個人プレイを押し通すのは、興が削《そ》がれると踏んだのだろう。

「少しルールを変更しようか。1Eの生徒はアルス以外、全員、敵チームについてくれ。これより九対一で試合《ゲーム》を始める」

んん？　これは一体どういうことだろうか。
突然、滅茶苦茶《めちゃくちゃ》なことを言い始めたぞ。この教師。
バスケットボールの醍醐味であるチームプレイを教えるのではなかったのか。

「そ、そんなことを言ってもさ」

「九人がかりでも、この化物に勝てる気がしねえよ」

先程までの強気な態度は何処にいったのか――。

二回連続でダンクシュートを決められた隣のクラスの連中は、完全に怖《お》じ気付《け》いているようであった。

「そうだな。アルスから点を取ったものには、ＳＰ《スクールポイント》を一〇〇〇点分与えよう。全員、張り切ってプレイするように」

「「「…………」」」

俺の思い過ごしだろうか。

ＳＰ《スクールポイント》の条件が提示された途端、他の連中の顔つきが急に鋭くなったような気がした。

「ふふふ。これで少しは『彼』の本気を引き出すことができるだろうか」

なるほど。

どうやらリアラの目的は、俺の実力を測ることにあるようだな。

だが、今の俺にとっては問題のない話である。

組織を抜けて普通の学生になった以上、必要以上に実力を隠す必要はなさそうだからな。

ここはリアラの策に乗っておくことにしよう。


「第三セット、スタート！」


リアラの掛け声と共にスタート・ボールが射出される。

ボールを摑《つか》んだのは、もちろん俺である。

わざと相手にボールを譲《ゆず》るのも『自然体』から外れているだろうからな。


「おらぁ！　かかってこいよ！　庶民《しょみん》！」

「ここから先は一歩も抜かせねぇよ！」


空中戦の次は地上戦か。

ここまでは予想通りの展開である。

「なっ！　消えたっ——⁉」

別に消えたわけではない。
フェイントを織り交ぜながら少し速く動いただけである。

「ぐおおおお！　速い！　速すぎる！」
「おい！　コイツのフィジカル！　どうなっているんだ⁉」

俺は棒立ちになっている状態の同級生たちの間を進んでいく。
これでキッチリ、九人抜きか。
悠然《ゆうぜん》と敵ゴールの前に立った俺は、そのままゴール下でレイアップシュートを決めてやることにした。

「ふう。やはりこの程度では、『彼』の実力を測ることはできないか」

俺がゴールを決めてやるとリアラは、何やら意味深な言葉を口にしているようであった。

参ったな。

予想していた以上に敵チームに手応えがないぞ。

このままでは普通に試合《ゲーム》することは難しい気がする。


〜〜〜〜〜〜〜〜〜〜〜〜〜〜


結論から言うと俺の予想は的中していた。

そこから先はワンサイドゲームと呼ぶに相応《ふさわ》しい展開になっていった。

まあ、暗殺の現場から離れて、体が鈍《なま》っていたのだ。

今回の授業は、ちょうど良い運動になったかもしれないな。


〜〜〜〜〜〜〜〜〜〜〜〜〜〜

それから。

バスケットボールの試合《ゲーム》を終えた俺は、時間を持て余すことになった。

というのも、時間を半分以上残したところで他の生徒たちの体力が尽き果てて、ゲームが強制終了したからである。

最終的なスコアは、三十三対〇となっている。

ふうむ。どうやら俺が思っている以上に現代の学生たちは軟弱なようだな。

一試合《ゲーム》をフルで戦う体力すらもないとは思いも寄らなかった。


「お疲れ。アルスくん」

暫《しばら》く壁に背を向けながら休憩していると、唐突《とうとつ》に声をかけられる。

ルウだ。どうやらルウが冷えたドリンクを差し入れしてくれたようだ。

「凄《すご》い活躍だったね。みんなアルスくんの噂《うわさ》をしていたよ」

「……別に。それほどでもないさ」

どうやらルウも試合《ゲーム》が終わった直後のようだな。

身に着けている運動着が心なしか少し汗ばんでいるようだ。

どれどれ。最終的なスコアは二十一対七か。

男子チームに続いて女子チームも1Dに勝利したようだな。


「みんな試合《ゲーム》を見ているみたいだね」

「ああ。少し退屈になってきたな」


全ての試合《ゲーム》が終了するまで一時間以上はかかりそうだな。

女子の第二試合《ゲーム》は、レナが出場するみたいである。

おっ。さっそく先制点を決めた。

俺が教えた身体強化魔法を使った軽やかな身のこなしだ。

レナが出ていれば、こちらの試合《ゲーム》も負けることはなさそうだな。


「おい。何をしている」

「……別に。何もしてないよ。アルスくんの手、大きいなぁ、と思って」

試合《ゲーム》の観戦に飽きてルウも手持ち無沙汰《ぶさた》になっているのだろう。

ルウは俺の手を握って、悪戯《いたずら》をしているようだった。

やれやれ。

今のところ周りの人間が試合《ゲーム》の観戦に集中しているから良いものの、誰かに見つかれば妙な噂が立ちかけないな。

「ねえ。アルスくん」

キョロキョロと周囲を見渡してからルウは、俺の耳元でそっと耳打ちをする。

「面白そうな場所を見つけたんだけど。今から二人で抜け出さない？」

何か嫌な予感がするな。

この女、ルウは悪知恵が働くのだ。

とはいえ、俺はこの女に弱みを握られている立場でもあるからな。

今は素直にルウの提案を受け入れた方が良さそうだ。

〰〰〰〰〰〰〰〰〰〰〰〰

でだ。ルウに連れられて辿《たど》り着いたのは、体育館の倉庫であった。

倉庫の中には、訓練に使用する機材が保管されている。

「おい。こんなところで何をするつもりだ」

倉庫の中は薄暗く、独特の臭《にお》いがする場所であった。

誰が考えても、あまり長居をしたくなるような場所ではないだろう。

「ふふふ。分かっているくせに」

ピタリと体を密着させながらもルウは悪戯な笑みを浮かべる。

やれやれ。

まさか『アレ』をやるつもりなのか。

予想をしていなかったわけではないのだが、『時』と『場所』くらいは選んでほしいものである

「アルスくん……。すごく良い匂《にお》いがする……。男の子って感じだね」

体を密着させて俺の首筋を執拗《しつよう》に嗅《か》いでいるようだった。

「美味《おい》しい……。アルスくんの味だね」

次にルウの取った行動は俺にとっても予想外のものであった。

何を思ったのかルウは、俺の首筋の汗を舐《な》めとったのである。

「んっ。はぁ……。ちゅっ……」

それから俺たちは、口づけを交わす。

やれやれ。

なし崩し的とはいえ、まさか授業中に行為に及んでしまうことになるとは。
だが、今日は元々、魔力の補給日だったからな。
空《あ》いた時間を使って、手間が省《はぶ》けたと考えるとしよう。

「お願い。アルスくん。私を滅茶苦茶《めちゃくちゃ》にして」

飛び箱に手を付けたルウが体育着のショートパンツを下ろして、下着姿を露わにする。
ふむ。今日のルウはいつになく積極的だな。
頼まれた以上は、仕方がない。
先程の試合《ゲーム》は中途半端に終わってしまって、不完全燃焼な部分があったからな。
運動の続きには都合が良さそうだ。

〜〜〜〜〜〜〜〜〜〜〜〜〜〜

それから。
早急に魔力移しを済ませた俺たちは、体育倉庫の中にあったマットの上で横になって、休憩に入ることにした。

「ごめんね。今日は無茶なことに付き合わせちゃって」

俺の体に寄り添いながらルウは言った。

「私、おかしいのかな。いけないことって分かっていても、学園の中でしていると凄《すご》くドキドキするんだ」

なるほど。

そう言えばルウに初めて魔力移しをしたのは、学園の男子トイレの中であったな。

もしかしたら、あの時の経験を引きずっているのかもしれない。

「非日常、なのが良いのかな。一歩間違えれば、全てが壊れてしまう。そういう状況に惹《ひ》かれてしまうのかも」

今の俺であれば、ルウの気持ちも少しだけ理解できる。
人は誰もが安寧《あんねい》を求める。
だが、代わり映えのしない安定した日常というのは、案外、空虚で退屈なものなのだ。
普通の学生にとっては『小さなスリル』というのは娯楽《ごらく》になりえるのだろう。

「ねえ。アルスくん。私を置いて、何処《どこ》かに行かないでね？」

ギュッと俺の手を握りながらルウは言った。

「ああ。もう、その心配はないから安心してよいぞ」
「もう……？」

しまった。今の言葉は、失言だったな。
まるで過去は違ったような言い方になってしまった。
今の俺は正真正銘《しょうしんしょうめい》、普通の学生に過ぎないのだ。
深読みされてしまうような言葉は謹《つつし》んでおくことにしよう。

やれやれ。

普通の学生としての生活も存外、難しいものである。

―― 3話 ―― 放課後の図書室

それから。

俺が『普通の学生』としての生活を送るようになってから暫《しばら》くの月日が流れた。

今のところは、特に大きなトラブルが起きることもなく平穏に過ごすことができている。

「だから、この魔術構文は、一度、因数を分解して考えてみると分かりやすいぞ」

「なるほど。流石《さすが》はアルスくんです。教え方が上手《うま》くて助かります」

今現在、俺が何をしているのかというと図書室の中でレナと一緒に勉強している最中であった。

それというのも王立魔法学園では、近日中に『前期試験』という大きな筆記テストを控えているらしいのだ。

他の生徒と比べて、勉強熱心な傾向にあるレナは、ここ最近、頻繁《ひんぱん》に俺に教えを乞《こ》うようになっていた。

「申し訳ないです。アルスくんだって自分の勉強がしたいはずなのに……。ワタシばかり……」

「ああ。別に気にしないでいいぞ。今回の試験に関しては、既に全範囲の勉強が終わっているからな」

「い、いつの間に⁉」

別に驚くことでもないだろう。

正確に言うと今回の試験範囲どころか、三年生のカリキュラムまで予習済みである。

真実を告げても嫌みにとられるだけなので黙っていることにしよう。

「褒《ほ》められるようなことではない。単なる暇潰しだ」

組織を抜けてからというもの、俺は時間を持て余すようになっていた。

あまりに暇なので、学園の勉強範囲は全て予習をしてしまったのだ。

今のうちから取り組んでおけば、試験前になってから慌てるようなことはなくなるだろうからな。

「えっ。それでは、アルスくんは、なんの本を読んでいるのですか？」

「……これは『植物図鑑』だ」

ブックカバーを取り外して、レナに本の表紙を見せてやる。

この図書館に通うようになってからは、実に様々な本に目を通すようになってきた。

中でも最近、特に好んで読んでいるのは植物に関連する本である。

「なんだか意外です。アルスくんに植物を愛《め》でる趣味があるなんて」

悪かったな。

たしかに人殺しを生業《なりわい》にしていた俺が植物の勉強をするのは奇妙に映るのだろう。

今までの俺は暗殺に使える有毒植物の勉強をしたことはあったが、観賞用の植物についてはまったく興味がなかったのである。

「聞いても良いですか。どうして植物の勉強をしようと思ったのですか?」

やれやれ。
この女、答えづらい質問をサラリと言ってくるのだな。

「なんてことはない。ここに来るまでの間に小さな花が咲いていていたんだ」

その花の存在に気付いたのは、ごくごく最近のことである。
店で売られていても不思議でないほどの可憐《かれん》な青い花だ。
殺しに明け暮れていた頃は、近くに花が咲いていたことすらも気づかなかった。
全てを悟って、分かっているような気になっていた。
結局、俺はこの世界のことを何も知らない。あの日見た、花の名前さえも。

「なるほど。少しだけ分かるような気がします」

適度に虚を交えながら説明をしてやると、レナが感心したように言葉を返す。

「知らないことを知る。それは人生において掛け替えのないものです。アルスくんは勉強好きのようですから。将来、学者さんになると良いかもしれません。絶対に向いています」

この女、人の事情を知らないで適当なことを言ってくれるな。

けれども、不思議と悪い気分ではない。

学者、か。

自分が学者に向いている、なんてことは考えたことすらなかったな。

だが、今後は『普通の学生』として生きていくと決めたのだ。

卒業後の進路についても考えていくべきなのかもしれないな。

コロンッ、と。

その時、不意にレナの肘にペンが当たり、床の上に転がった。

やれやれ。不注意なやつだな。

俺は床に落ちたレナのペンを拾い上げてやることにした。

「あっ……」

瞬間、俺の手は同じタイミングでペンを拾おうとしたレナの手と接触した。

レナは何処《どこ》か、気恥ずかしい表情を浮かべていた。

「アルスくん……。あの、ワタシの頼みを聞いてもらないでしょうか?」

僅《わず》かに頬《ほお》を赤らめながらもレナは続ける。

「今日の分の魔力移しをお願いしたいです……」

なるほど。そういえば今日は魔力移しをする日だったな。

ふうむ。今日はよく誘いを受ける日のようである。

〜〜〜〜〜〜〜〜〜〜〜〜〜〜

でだ。レナから誘いを受けた俺が向かったのは、図書室にある本棚《ほんだな》の裏であった。

「んっ。はぁ……。アルスくん……。アルスくん……」

人目のつかない本棚の裏に移動したレナは、一心不乱に俺の唇を求めてくる。
レナがこの場所を希望したときは、少しだけ驚いた。

『非日常、なのが良いのかな。一歩間違えれば、全てが壊れてしまう。そういう状況に惹《ひ》かれてしまうのかも』

その時、俺の脳裏《のうり》に過《よぎ》ったのは、ルウから言われた言葉である。
おそらく『小さなスリル』を求めているのは、レナも一緒ということなのだろう。

「お願いします……。アルスくん……」


今日のレナはいつになく積極的だな。

本棚に手をつけたレナは、スカートを捲《めく》り上げて、俺を誘っているようであった。

レナが執拗《しつよう》に俺を求めるのは、無論、魔法師として、更なる高みを目指したいから、という理由が大きいのだろう。

魔力移しは、性行為をするのが最も効率が良いとされているのだ。


ガラガラガラ！


ふむ。どうやら他の生徒たちが図書室の中に入ってきたようだな。

放課後、人気《ひとけ》のない時間帯とはいえ、ここは学園の中だ。

いつ、他の生徒たちが来てもおかしくはない状況である。


「…………!?」

遅れてレナも他の生徒の存在に気付いたようだ。

レナの体に緊張が走るのが分かった。

「はぁ～。もう、最悪。あの教師、こんな時に課題を出さなくても良いのに」

「仕方がないよ。適当に本を借りて早く片付けちゃおう」

どうやら図書室の中に入ってきたのは二人の女生徒のようだ。

ふむ。この状況は非常にまずいな。

目撃されてしまえば、後々に面倒な事態を招くことになるだろう。

幻惑魔法発動――《視覚誤認》。

そこで俺が使用したのは、《視覚誤認》の魔法であった。

所謂《いわゆる》『人払い』のために用いられることの多いこの魔法は、周囲の人間に錯覚《さっかく》を与えることができるものである。

だがしかし。

即興で作った《視覚誤認》の魔法では、十分な効果とは言い難い。
少しでも魔法の心得がある人間であれば、簡単に見破ることができるだろう。

「あれ……？　今、何か変な声が聞こえなかった……？」

ふむ。どうやら、さっそく不審に思われてしまったようだな。
だが、ここまでの展開は想定の範囲内である。

付与魔法発動――《消音》。

そこで俺が使用したのは、《付与魔法》の応用系である《消音魔法》であった。
あらゆる物体から生ずる『音』を消し去ることのできる《消音魔法》は、暗殺仕事では欠かすことのできないものである。
俺は周囲の空間に《消音》の魔術を施《ほどこ》すことによって、更に隠密性能を向上させてやることにした。

「あれ～。おかしいな～。たしか、この辺から聞こえてきたはずなんだけど」

「勘違いだって。こんな時間に他の生徒が残っているはずないよ」

ふう。ひとまず今回は、やり過ごすことができたみたいだな。

二つの魔法を発動したことによって、俺は完全に他生徒たちの目を誤魔化《ごまか》すことに成功したようである。

「こ、これは一体……!?」

たしかに女生徒たちが、目の前に立っているはずなのに、こちらの存在に気付かない――。

その奇妙な状況を前にしたレナは、呆然《ぼうぜん》としているようであった。

「安心しろ。今、俺たちの姿は見えていない。声も聞こえていない」

俺の思い過ごしだろうか？

今の状況が安全であることを伝えてやると、レナの体温は益々と上昇していくのが分かった。

「アルスくん……。アルスくん……」


図書室の中にレナの声が響き渡る。

ふむ。俺が思っている以上に小さな『スリル』というのは、日常を彩るスパイスとして、最適なものなのかもしれないな。

今後も効率的に訓練を進めていく上で、参考にさせてもらうことにしよう。


～～～～～～～～～～～～～


それから。

無事に放課後の業務を済ませた俺は、レナと一緒に学園を後にしていた。

「あの、今日はありがとうございました。本当に何から何まで、アルスくんには、お世話になりっぱなしです」

隣を歩くレナが感謝の言葉を口にする。

今日は、この後、レナを自宅にまで送り届けてやる予定である。

組織に所属していた頃の俺であれば、職場に直行することが多かったのだが、今の俺は『普通の学生』に過ぎないからな。

「気にすることはないぞ。俺はお前たちのコーチとしての業務を遂行《すいこう》したに過ぎない」

組織を抜けた以上、今の俺の仕事というと二人のコーチくらいしかないのだ。

今までよりも二人のために時間を使うことが可能だろう。

「アルスくん。雰囲気《ふんいき》が少し変わりましたか？」

帰宅途中の橋を渡ろうとした時、レナが不意に突拍子のない言葉を口にした。

「……何故、そう思った？」

「はい。前までのアルスくんは余裕に見えて、何処《どこ》か追い詰められているように見えました。

今のアルスくんは、雰囲気が柔らかいです。つまり、今まで以上に魅力的になったということです」

追い詰められていたか。
言い得て妙な表現なのかもしれないな。
組織に所属していた頃の俺の日常は、いつ、命を落とすか分からないものであった。
今は違う。
普通の学生としての日常の中に生きた結果、雰囲気からもトゲが取れたのかもしれないな。

「変わったと言えば、この街も変わりました」

橋の途中で川を隔《へだ》てて、街を見渡しながら言葉を紡《つむ》ぐ。

「ワタシは平和になったこの世界が好きです。そして優しくなった今のアルスくんは、もっと好きです」

ふうむ。

そう言ってくれるのであれば、命を懸《か》けて戦ってきた甲斐《かい》もあったというものだな。

この街の治安を脅《おびや》かしたテロ組織、《逆さの王冠《リバースクラウン》》は事実上の解体がされて、ここ最近は犯罪事件が起きる頻度《ひんど》が激減していたのである。


「――――!?」


その時、俺は遥《はる》か上空よりも飛来する不審な気配を見逃さなかった。

視《み》られているな。

明らかに俺たちに敵意を持った存在が、こちらに近付いてきているようである。

久しぶりに　銃《コイツ》を抜く必要が出てきたようである。


「ア、アルスくん。一体何を……？」


俺が制服から銃を抜いたからだろう。

レナは驚きの表情を浮かべているようであった。

ターゲットまでの距離は、ザッと二〇〇メートルといったところか。
狙いを定めて銃のトリガーに手をかける。
ブランクはあるが、俺が外すような距離ではないだろう。
命中したか。どうやら新手の偵察機のようだな。
弾丸の命中した偵察機は、川に向かって落下していくことになった。

「レナ。これだけは覚えておけ。いつの世も、平和なんてものは、理不尽に壊れるものさ」

胸騒ぎがするな。
何か大きな事件が起きる前兆のようなものを感じる。
この街は人々が思っているよりも平和なものではなくなっているのかもしれない。

〜〜〜〜〜〜〜〜〜〜〜〜〜〜〜〜〜〜〜〜〜〜〜〜

一方、その頃。
ここは、《暗黒都市《パラケノス》》のマンホールを通った先にある、秘密の地下室である。

外部の人間には、発見することが困難なこの場所に、とある組織のアジトがあった。

アジトの中には、アルスたちの動向を偵察機で監視する怪しげな男たちの姿があった。

「なるほど。これが伝説の暗殺者《アサシン》、死運鳥《ナイトホーク》の力ですか。兄上が手を焼いたのにも頷《うなず》けますねぇ」

偵察機から送られてきた映像を目にして、そう語るのは、身長一六〇センチほどの小柄な男であった。

男の名前はアッシュ・ランドスター。

かつてアルスが戦った宿敵、レクター・ランドスター、ジブール・ランドスターの親族に当たる男であった。

「二〇〇メートルを超える遠距離からの正確な射撃……。敵は想像以上に手ごわいですよ。本当に貴方《あなた》たちに殺《や》れるのですか？」

アッシュの前に立っているのは、それぞれ、背丈がバラバラの三人の男たちであった。

「ククク。アッシュ様。冗談が過ぎますよ」

「我ら三人は、魔法の発祥《はっしょう》の地。神聖都市ラタトスクの魔法師だ」

「魔法後進国の人間に後れを取るはずがありますまい」


この三人は『松竹梅《しょうちくばい》』の名前で活動する暗殺者《アサシン》であった。

神聖都市ラタトスク。

魔法の発祥《はっしょう》の地とされる巨大な宗教国家であった。

アルスたちのいる王都ミズガルドと山を隔《へだ》てて隣り合う場所に存在している。

隣接しているだけに昔から両国の仲は険悪であり、様々なトラブルの火種を抱えていたのである。


「ふふふ。彼は直に我々の暗殺フルコースを味わうことになりますよ」

不敵に笑った暗殺者《アサシン》の男は、服の内ポケットの中からナイフを取り出した。

ナイフを投げた先にあったのは、壁に貼られたアルスの写真である。

綺麗《きれい》な放物線を描いたナイフは、アルスの写真の額に命中した。

（ふっ……。まずは、お手並み拝見、といきますか。異国の魔法師たちの力が、どれだけ死運《ナイト》鳥《ホーク》に通用するか……）

親族たちを次々に亡き者にしたアルスの存在は、アッシュにとって到底、許してはおけないものである。

湿度の高い地下室の中でアッシュは、アルスに対する復讐《ふくしゅう》を誓うのだった。

4話　魔力測定器

それから。

放課後の訓練を実施してから翌日のこと。

不審な気配を覚えたものの、学生である俺の本分は学園に通うことにある。


「おはよう。諸君。それでは朝のＨＲ《ホームルーム》を始める」

教壇《きょうだん》に立って、生徒たちに告げるのは、俺たち1Eの担任教諭である。

黒髪でスーツをキッチリと着こなしたリアラは、この学園では数少ない、家柄で生徒を判断しない中立主義の教師であった。

「まずは連絡事項だ。最近、近隣住民から、夜の《暗黒都市《パラケノス》》に我が校の生徒が出歩いているという情報が入っている。いくら治安が改善傾向にあるとはいえ、夜の《暗黒都市《パラケノス》》に立ち入ることは推奨《すいしょう》できない。これに伴《ともな》い、我々、教師は夜の見回りを強化することにした。諸君ら一人一人が王立魔法学園の生徒である自覚をもって――」

リアラの朝のＨＲ《ホームルーム》は続く。

定型的な連絡事項を受けた生徒たちは、徐々に瞼《まぶた》を重くしているようであった。

「さて。前置きが長くなってしまった。今日は月に一度の月例試験。諸君らの力を存分に試してみてほしい」

月例試験か。そう言えば、そんなイベントがあったな。

朝の眠気覚ましには、都合が良さそうである。

〜〜〜〜〜〜〜〜〜〜〜〜〜〜〜

でだ。

朝のＨＲ《ホームルーム》が終わり、件《くだん》の《月例試験》の時間がやってきた。

俺たちが訪れたのは、入学試験の時にも使用した見晴らしの良い平原エリアであった。

「それでは、これより《月例試験》を行う。その前にキミたちには報告しておくことがある」

月例試験の試験官を務めているのは、例によって、１Ｅの担任教師であるリアラである。

「今回は新しく魔力測定器を使用して行うものとする」

そう言ってリアラが見せてきたのは、見覚えのない装置であった。

ふうむ。

今まで月例試験で使われていたのは、『試験石』と呼ばれるものであった。

与えた魔法の威力を数値化する効果のある試験石は、生徒たちの成長の度合いを測るための道具として利用されているものであった。

「この測定器は最新式のものだ。今までは計測のできなかった小数点以下のスコアを計算できる。そして何より、この測定器の優秀なところは──」

一呼吸を置いて、測定器に手を触れながらリアラは続ける。

「絶対に壊れることがない。これに尽きる」

ふうむ。絶対に壊れることがない、とは、大きく出たものだな。
測定器に使われている金属は、今までに見たことのない種類のものだ。
これだけ自信をもって言うからには、それなりに頑丈なものなのかもしれない。

「今までは試験石が壊れることを危惧《きぐ》して手を抜いた生徒がいたようだったからな。ワタシが学園に言って、特別に取り寄せてもらったのだ。諸君らの健闘を祈る」

ふうむ。流石《さすが》にバレていたか。
俺が試験の最中に気を遣っていたことを、リアラは気付いていたようである。
教師として人にモノを教える立場にあるだけのことはあるな。

「はあ？　手加減？　なんのことだよ？」

「試験石が壊れるなんて。そんなことは考えられないぜ」

リアラの言葉を受けて、一部の男子生徒たちが疑問を呈しているようだ。

やれやれ。

ウチのクラスには、他人の実力を推し量るのが苦手な連中が多いようだな。


「火炎玉《ファイアボール》」「風列刃《ウインドエッジ》」


それから。新しい測定器が導入された月例試験が始まる。

点数の結果は、21・2点、18・5点、23・5点、25・7点と大差のない数字が並んでいく。

なんというか、退屈な光景だな。

最初の試験の時から比べると多少は数値が伸びているのかもしれないが、今のところ大きな変化は見られない。

小数点が表示されるようになったものの、これに関しては大きな意味があるとは思えないぞ。

「次、学生番号２１８２番、ルウ」


さて。真打ち登場、といったところかな。

白線の上に立ったルウが一呼吸の間の後、魔法陣の構築を開始する。

「氷結槍《アイスジャベリン》」

ルウの使用したのは、水属性の中級魔法である氷結槍《アイスジャベリン》だ。

しかし、その力強さは、前に見た時と比べて、見違えるようにレベルアップしているようだった。


「「「おおおおおお！」」」


ルウの魔法を前にした生徒たちの間に、本日の最初となる驚きの声が上がった。

ふむ。表示された数字は『３２２・３』か。

前回の得点から考えると、飛躍的なレベルアップを遂《と》げているな。

「ふふふん。最高記録更新だよ！」

満足のいく結果を獲得したのだろう。

ルウは大きく胸を張って得意気な表情を浮かべているようだった。

実際、ここ最近のルウの成長は、たいしたものだ。

学生のレベルで、これほどの魔法を使えるのであれば、将来は心配なさそうである。

「次、学生番号２１８３番、レナ」

む。続いて気になる生徒が現れたようだ。

リアラに呼ばれて、白線の上に立ったレナが魔法陣の構築を開始する。

「火炎槍《フレイムランス》！」

レナが使った魔法は、火属性の中級魔法であった。

ふむ。表示された数字は『３２２・３』か。

二人のスコアは同じ。

いや、小数点を考えると少しだけレナが上回ったか。

不要だと思われた小数点の表示機能であるが、意外なところで役に立ったというわけか。


「おいおい……。嘘だろ……」

「二人揃って三〇〇点越えかよ……!?」


試験結果を受けたクラスメイトたちは、俄《にわか》に衝撃を受けているようだった。

他の生徒たちが焦るのも無理はない。

俺がコーチを引き受けた二人は、一つ星《シングル》の貴族であり、二つ星《ダブル》以上の生徒たちが集まる王立魔法学園では、格下の存在であったのだ。


「次、学生番号２１８４番、アルス」

さて。そうこうしているうちに俺の出番が回ってきたみたいだ。

ふうむ。どうしたものか。

目立たないということを考えるのであれば、いつものように『程々に手加減をして』試験を受けるべきだろう。

だがしかし。

試験の度《たび》に手を抜くことは、俺が目指している『普通の学生』からは離れてしまうような気もする。


「アルス。遠慮《えんりょ》はいらん」

俺が考え事をしていると、隣にいたリアラが声をかけてくる。

「お前の本気の魔法を見せてみろ」


本気の魔法、か。

久しく使ってはこなかったな。

そう言えば今回の測定器を導入したのは、俺の本気を試したいというリアラの意図があったのだ。

であれば、仕方がない。

今回はリクエストに応えて『本気の魔法』を使ってみることにするか。


「火炎玉《ファイアボール》」


そこで俺が使用したのは、火属性の魔法の中でも最も初歩的な火炎玉《ファイアボール》の魔法であった。

ただ、そのサイズは十分の一くらいに抑えている。

「おいおい！　なんだよ！　それは！」

「ギャハハハ！　見ろよ。アレ！　庶民《しょみん》らしい貧相な魔法だな！」

おそらく俺が魔法の詠唱《えいしょう》に失敗したと思ったのだろう。

一部のギャラリーたちは、俺の魔法を笑いものにしているようであった。

「いや。違う。この魔法は……!?」

ふむ。どうやらリアラは、俺の魔法の異変に気付いたようである。

「ねえ。あの魔法……」
「凄《すご》い魔力です……。これがアルスくんの本気というわけですか……」

教え子の二人も少し遅れて、この魔法が異質なものであることに気付いたようだ。
サイズを抑えているので、見かけだけは貧相に見えるのだろう。
ただ、魔力の密度に関しては、『紛《まぎ》れもなく本気』のものだ。
通常サイズで本気の魔法を使ってしまうと、色々と被害が出てしまうと思ったからな。
俺なりに調整させてもらったというわけだ。
やがて俺が放った小さな火炎玉《ファイアボール》は、測定器の中心部に命中する。

ドガッ！
ドガアアアアアアアアアアアアアアアアアアアアアアアアアアアアアアア

アアン！

刹那《せつな》、爆発音。

俺の魔法が命中した周辺の十メートルほどに、巨大なクレーターが出現した。

「なっ。なっ。なっ……。なんだよ！　これはあああ！」

俺の魔法を前にした生徒たちは、驚きのあまり呆気《あっけ》に取られているようであった。

「ふっ……。やはりこうなったか」

俺の結果を受けたリアラは、何やら意味深な言葉を呟《つぶや》いているようであった。

「彼の実力は、最新の機材をもってしても測定不能というわけか……」

やれやれ。
絶対に壊れることがないと言われたので本気の魔法を使ってみたのだけれどな。
試験の結果は、測定不能となってしまった。
小数点では俺の実力は測れないということなのだろうか。
最新の魔力測定器とやらは、粉々になってしまったみたいである。

5話　アルスの休日

王立魔法学園の生徒たちの朝は早い。

毎朝、八時から授業が開始されて、夕方の四時まで続くことになる。

放課後は、それぞれの都合によって、クエストを引き受けたり、アルバイトに精を出したりしている。

授業中に課題を出されることもあり、帰宅してからも、心が休まる暇はない。

だが、学生たちにとっても安息の日はある。

王立魔法学園では、週休二日制を取っていた。

この二日だけは、学生たちにとって安息の時となっていたのである。


〜〜〜〜〜〜〜〜〜〜〜〜〜〜〜〜

さて。

今日は週に二日しかない貴重な休日だ。

今頃、同級生たちは、それぞれの休暇を満喫《まんきつ》しているのだろう。

だがしかし。

生憎《あいにく》と俺には他にやることがあった。


「二千八百九十二、二千八百九十三……」


今現在、俺は自宅で日課のトレーニングをしている最中である。

逆立ち指立て伏せ、という自重トレーニングだ。

自宅で手軽に肉体に負荷をかけることができるので、日常的に実施している。

暗殺者《アサシン》をやめた今、体を鍛える意味というのは、それほどないのかもしれない。

だが、身に付いた習慣というのは、簡単に消せるようなものではないのだ。

仕事のない日は、こうしてトレーニングを行うことが、俺にとってのルーチンワークとなっていた。

ふう。目標の三〇〇〇〇回を達成か。

この三〇〇〇という数字は、一日のノルマに設定している回数である。

何気なく時計に目をやると時刻は昼の十二時を過ぎていた。

昼食を摂《と》るには、悪くない時間帯である。

「行くか」

時間を節約するために外食をしても良いのだが、今日は家で落ち着いて食事を摂りたい気分である。

メニューはそうだな。

食糧庫の中にパスタが残っていたはずだ。アレを使ってしまおう。

アパートの窓を開くと、気持ちの良い風が頬《ほお》を撫《な》でる。

夏が過ぎて、随分《ずいぶん》と過ごしやすい時期になった。

部屋の窓から飛び出した俺は、大きく跳躍をして、近所の家の屋根の上に着地するのだった。

〜〜〜〜〜〜〜〜〜〜〜〜〜〜〜〜

でだ。

アパートの窓から外に出た俺は、食材の調達のために買い出しに向かうことにした。

必要な素材は、頭の中に入っている。

厄介《やっかい》なことに質の高い食材を販売する店というのは、大まかに決まっており、それぞれの店を回るしかないのだ。

必要な食材は、卵、牛乳、ベーコンか。

足りていない食材は、食糧庫の中にあるもので補《おぎな》えるだろう。

卵は、この先の道を曲がったところにある露店が良いものを取り扱っている。

牛乳は、昔からある三番通りの店で購入するのが最適である。

ベーコンは、繁華街《はんかがい》の中の精肉店で売っているものが新鮮だ。

頭の中で最速のルートを計算する。

日常の些細《ささい》な出来事も考え方次第では全て、訓練として利用することができるのだ。


「うわ。なんだ。この風は⁉」

「ねえ。今、人が通らなかった？」


俺の傍を歩いている人間たちが、口々にそんな言葉を口にしていた。

さて。まずは最初の食材である卵が見えてくる頃だな。

スピードを落とさず、道を曲がると目的の店が見えてくる。

小銭を置き、必要な具材を調達する。

その間、僅《わず》か０・１秒。

店員の女性は、俺が店に訪れたことすらも気付いていないだろう。

さて。次の目的地は、今いる場所とは反対側の道路にあるな。

直線距離で考えれば、目と鼻の先であるのだが、迂回《うかい》して反対側の道路に出るには、相当な時間が必要になりそうだ。

であれば、跳んでいくのが、最短のルートになりそうだ。

「ねえ。ママ。人が空を飛んでいるよ……？」

「ハハハ。この子ったら。人間が空を飛ぶはずなんてないでしょう」

大きく跳躍をして移動していると、下の方にいた親子がそんな会話を交わしているのが聞こえてきた。

シュパンッ！

俺は肉体に対する負担を減らす三点着地をして、目的地に到着することに成功する。

「おじさん。牛乳を一パック」

「ええっ⁉　キ、キミ、一体、何処《どこ》から此処《ここ》に……⁉」

突如として空中から現れた俺を前にして店員の男は、驚きを露わにしている。

さて。これで残る食材は、ベーコンだけになったな。

俺が探しているベーコンを売っている店は、この道を抜けた先にある繁華街の中だ。

だが、ここで問題となってくるのは、繁華街までは、それなりに距離があるということだ。

「おっ」


そこで俺は、都合の良いアイテムを発見する。

スケートボードだ。

使われなくなって、ゴミ捨て場に不法に投棄《とうき》されているようだ。

それなりにボロボロであるが、魔法で修復をすれば、使えそうだな。

スケートボードに飛び乗った俺は、地面を蹴《け》って、移動を開始する。

ここ、《暗黒都市《パラケノス》》に住まう若者にとって、スケートボードは非常に人気の高いカルチャーだ。


『はぁ……？　ボードの乗り方を教えてほしいだぁ？』


そう言えばスケートボードの乗り方は、昔、親父《おやじ》から教わったのだよな。

あの、幼き日のことは、今でも鮮明に思い出すことができる。

暗殺者《アサシン》として育てられてから、数カ月後のこと。

当時の俺は、孤独を紛《まぎ》らわせるためにボロボロのスケートボードを、ゴミ置き場から拾ってきたのである。

　スケートボードに特別に関心があったわけではない。

　単に遊び道具と遊び相手が欲しかったのだろう。


『チッ……。仕方がねえ。だが、覚悟をしておけよ。言っておくが、オレはボードには少し五月蠅《うるさ》いぜ』


　思い返して考えれば、親父から『殺し』以外の技術を教わったのは、これが初めてだったな。

　俺にとってスケートボードは、親父から受けた数少ない父親らしい想い出なのかもしれない。


〜〜〜〜〜〜〜〜〜〜〜〜〜〜〜〜〜〜〜〜〜〜〜〜〜〜〜〜〜〜〜


　さて。

　運良くスケートボードを入手した俺は、《暗黒都市《パラケノス》》のストリートを駆け抜ける。

「おい。見ろよ。アイツのテクニック」

「ヒュー。スゲー、いかしてるじゃん。どこのシマのやつだ？」

スケートボードを『移動のためだけ』に利用するのは野暮《やぼ》というものである。
派手なアクションを取り入れて、周囲の注目を引き付けるように移動するのが、スケートボードのカルチャーなのだ。
ふむ。
ギャラリーたちのテンションも上がっているようなので、久しぶりに『アレ』を披露してみるか。

シュオンッ！

勢い良く跳んだ俺は、空中で体を何度も回転させて、その場に着地してやることにした。

「「…………!?」」

俺の思い過ごしだろうか。

大技を披露した直後、ストリートの空気に緊張が走ったような気がした。

「おいおい。今の技は、空中六回転マグナムじゃねぇか⁉」

「まさか……。あの伝説の大技か……」

「知っているのか？」

「ああ。今から二十年も前の話だ。《暗黒都市《パラケノス》》に革命を起こした伝説の不良《ワル》、金獅子さんの技だぜ。だが、なんであのガキが……」

ふむ。どうやら俺の技を知っている奴がいたらしいな。

親父からの直伝ということも一部の人間たちには知られていたようである。

むう。

自分の親のことながら、なんだか、少し恥ずかしくなってきたな。

まあ、今でこそ、落ち着いているが、昔の親父は有名なアウトローだったからな。

スケートボードを愛好している人間たちの間では、長らく語り継がれている存在なのかもしれない。

「というか、アイツ、なんで買い物袋を持っているんだ？」
「惜しいぜ！　それさえなければ完璧《かんぺき》なのに！」

悪かったな、買い物中で。
俺はギャラリーたちのコメントをスルーして、颯爽《さっそう》とストリートを駆け抜けるのであった。

～～～～～～～～～～～～～～～～

さて。
そろそろ、目的地も近くなってきたようだな。
暫《しばら》く移動をしたところで、俺は違和感を覚えた。

むう。やけに人が多いな。

しまった。今日は月に一度のセールの日だったか。
様々な品が安売りされる日であるのだが、とにかく混雑するのが玉に瑕《きず》である。

つまり、目当ての商品が売り切れるリスクが激増しているのだ。

俺は店の様子を見るべく、先の道の様子を確認してみることにした。


身体強化魔法発動、《視力強化》。


ふむ。どうやら俺の目当ての食材の在庫は残り一つしかないようだ。

やはり、人通りは非常に多い。

この人混みを避けて、目的の食材を入手するには、困難を極めるだろう。

大丈夫。俺ならやれる。

目的地までの最短ルートを頭の中で計算する。

スケートボードに風の魔法を纏《まと》わせた俺は、人混みの中を縫《ぬ》うように高スピードで駆け抜ける。


「だからよぉ。お前の店から買ったアボカドが全部、腐っちまっていたんだよ。当然、返金してくれるんだよな。ああん？」

「で、ですから当店と致しましては、そういった対応はしておりませんので……」

むう。どうやら目の前で何やらトラブルが発生しているようだな。

だが、関係ない。強行突破だ。

ズサッ！　ズサアア！

極限まで体を反らして体勢を低くした俺は、大男の足の間をスケートボードに乗ったまま通り抜けてやることにした。

「見ろよ！　このアボカド！　中身がベチャベチャだ！」

他愛《たわい》ない。

素早く通り過ぎたせいか、股《また》の下を通り抜けられた大男は、俺の存在に気付いていない様子であった。

ふう。どうやら間一髪《かんいっぱつ》、売り切れまでに間に合ったようだな。

「おばさん。ベーコンを一つ」
「え……。キミ、いつの間に⁉」

颯爽と出てきた俺を前にした店員は、唖然《あぜん》とした表情を浮かべていた。
よし。目当ての食材は揃ったな。
ミッションコンプリート、といったところだろうか。
食前の運動としては、それなりの成果があったかな。
このように昼食の食材集めも、心掛け一つで良質な訓練になりえるのである。

～～～～～～～～～～～～～～～～

さて。
首尾《しゅび》よく食材を集め終えた俺は、自宅に戻り昼食の準備を整えることにした。
たっぷりと水を入れた鍋《なべ》の中に塩を振って、乾燥したパスタを茹《ゆ》でる。
パスタを茹でている間に、フライパンでソースの準備に取りかかる。

今日のメニューは、カルボナーラと呼ばれるものだ。

パスタは好きだ。

何故ならば、合理的な食材だからな。

保存が利《き》いて、調理も手軽であり、レシピ次第で、必要な栄養素を効率的に摂取《せっしゅ》することができる。

麺《めん》の茹で時間に妥協《だきょう》は許されない。

麺のサイズに応じた最善の茹で時間というものがあるのだ。

今回、俺が使用しているパスタは、太さが一・五ミリなので茹で時間は六分が最善のものとなる。

茹でたパスタにソースをかけて、刻んだパルミジャーノチーズをのせておく。

最後の仕上げだ。

俺は少し高い位置から魔法《スパイス》を振りかけてやることにした。


「完成だ」

アルス・ウィルザード特製　～至高のカルボナーラ、初春の雪どけ～

テーブルクロスを敷いて、メイン料理と付け合わせの料理を入れた小皿を並べていく。

食材の調達は、訓練も兼ねて、超スピードで進めていたのだが、食事に関しては、まったく逆のアプローチを取ることにしている。

食事は優雅に、時間をかけるに限るのだ。

日常を彩るために必要なのはメリハリだ。

合理性のみを追求してしまうと、途端に日々の生活は潤いを失うことになるのである。


〜〜〜〜〜〜〜〜〜〜〜〜〜〜〜


ふうむ。

我ながら今日の料理は、上々のクオリティだったな。

この出来栄えであれば、九〇点を付けられそうだ。

昼食を摂《と》った後は、食後のアフタヌーンティーを摂ることにした。

部屋に設置した機材を用いて、音楽を聴くためにレコードを流す。

流行の音楽は分からないが、クラシックを聴くのは嫌いではない。

クラシックの名曲には、時代を超えても愛される『普遍性』というものが存在しているのだ。

今、俺が聞いているのは『魔王』という名のクラシックの曲である。

稀代の天才音楽家、ジーク・シェパードが最後に残したとされている曲であり、彼は、この曲を書き残した後、自ら命を絶ったとされている。

おそらく、この作曲家は、常に『終わりに向かうこと』を意識して仕事をしていたのだろう。

俺は音楽について明るいわけではないが、この作曲家の矜持《きょうじ》については、少なからず共感できる部分がある。

クラシックを嗜《たしな》みながら、作り手の心情に思いを馳《は》せてみるのは、悪くない時間だ。


「…………!?」


さて。

残念ながら、優雅に音楽を楽しんでいられる余裕はなくなったようだな。

異変を感じたのは、俺が食後の紅茶を楽しんでいたタイミングであった。

「刺客《しかく》か」

何やら不審な気配を感じるな。どうやら人数は二人のようである。

足跡を聞いているだけで、その人間の大まかな実力というものは推し量ることができる。

双方とも、それなりに訓練を積んだ魔法師であるようだ。

タンスの中に入っている愛銃に手をかける。

ここ最近、妙な連中に付き纏《まと》われているからな。

状況によっては、物騒なことになるかもしれない。


「いや」


どうやら今日は銃《コイツ》を使う必要はなさそうだな。

こちらに向かって近づいてきているのは、俺のよく知っている二人のようである。


「お前たち。なんの用だ？」

二人が玄関の扉を開く前に、こちらから声をかけてやる。

「お邪魔します。アルスくん」

「今から私たちと遊びに行こうよ」

やれやれ。随分《ずいぶん》と可愛《かわい》らしい刺客がいたものである。

今回の休日は、騒がしいものになりそうだ。

─　６話　─　デパートのデート

それから。

二人の顔見知りを家に招き入れた俺は、二人から事情を聞いてみることにした。

「ふふふ。アルスくん、どうせ暇をしているのかなって思って」

「とっても素敵なセールなんです。アルスくんも是非《ぜひ》！」

どうやら二人が俺の家を訪れた理由は、近所のショッピングモールで開催されている『オータムセール』なるものに誘いに来たらしい。

「別に俺がいなくても。買い物くらい二人で行ってくれれば良いだろう」

訓練の時は俺が一緒にいることにも意味があるのだが、今回のような遊びにまで同行する必要はないだろう。

「いや〜。そういうわけにもいかなくて……」

「本気モードのワタシたちの買い物は凄《すご》いですからね」

なるほど。

つまりは荷物持ちとして人手を欲しているというわけか。

やれやれ。裏の世界では『伝説の暗殺者《アサシン》』として恐れられていた俺も、二人の前では形無しだな。

〜〜〜〜〜〜〜〜〜〜〜〜〜〜〜〜〜〜

断ることもできたのだが、特に予定もなかったので、俺は二人の誘いに乗ってみることにした。

二人に誘われてやってきたのは、比較的、新しい建物の中に作られた商業施設であった。

ふうむ。ここは最近になって再開発されてきたエリアだな。

俺の住んでいるアパートからは多少、距離があるので、あまり訪れたことのない場所であった。

「凄い。あの人気ブランドの新作が、この価格で売っているの⁉」

「流石《さすが》は『オータムセール』です。頑張って資金を貯めてきた甲斐《かい》がありました」

二人は楽しそうに服を選んでいるようだ。

こうして見ると『年頃の女子』という感じだな。

「あ。こっちに水着も売っているみたいですよ」

水着か。

もう夏は過ぎているというのに、随分と季節外れの商品を取り扱っているのだな。

他の場所と比べて、水着売場は閑散《かんさん》としていて、人気がない様子であった。

「今年の夏は、海に行く機会がなかったですね」


夏か。そう言えば、今年の夏は、良い思い出というのがなかったな。

何故なら、その時期は訳あって『大監獄《だいかんごく》』の中で過ごしていたからだ。

トラブルに巻き込まれることがなければ、二人と何処《どこ》かに出かけることもあったのかもしれない。


「今から買うには、遅すぎるんじゃないか？」

「ふふふ。買い物のコツは『麦わら帽子は冬に買う』だよ。他の人が買わないタイミングだからこそなんだよ」


むう。たしかに、ルウの言葉にも一理あるのかもしれないな。

季節外れの商品というだけあって、並べられている水着は相応に値引きがされているようであった。

二人が今日の買い物に懸《か》けてきた理由が分かったような気もする。

価格から五〇パーセントオフは当然として、商品によっては九〇パーセントオフのものもあるくらいだ。

まあ、九〇パーセントオフの商品は、買い手が付かないのも理解できるな。

デザイナーが悪ふざけで作ったとしか思えない商品だ。

一体、どういう層をターゲットにしているのだろうか。

極限まで布面積が圧縮されているようである。

「うわっ。レナ、凄いよ！　これ！　九割引きだって！」

「原価率が低そうな商品ですね。安くなるのも頷《うなず》けます」

怪しい水着コーナーを前にした二人は、俄《にわか》にテンションを上げているようであった。

「これは、凄いですね……。流石に人前で着るのは難しそうです」

「たしかに。でも、別のことに使えるかもしれないよ。一応、買っておこうよ。安いみたいだし」

俺の方を見てルウは、悪戯《いたずら》っぽく微笑《ほほえ》んでいた。

はて。ルウの言う『別のこと』の意味がよく分からないな。

だが、どうせロクでもないことだということは、容易に想像がついてしまう。

「ここの水着、色々と種類があるようですが……。試着はできないみたいですね。慎重に選ぶ必要がありそうです」

まあ、当然といえば、当然の話だな。

他の衣類と違って、地肌が密着する水着は、試着をして売るのには向かないのだろう。

公衆の面前で、ここにある水着を着用した場合、痴女《ちじょ》としての扱いを受けそうだしな。

「残念ですね。直ぐにでもアルスくんに見てほしかったのですけど」

「ふふふ。アルスくんが、どうしてもって言うのなら後でコッソリと見せてあげても良いけどね」

やれやれ。コイツら、俺をからかっているようだな。

まあ、同年代の女生徒と比べて、抜群《ばつぐん》のプロポーションを誇る二人であれば、大人びた水着も普通に着こなすことはできるのだろうな。

「むう。せっかく水着を選んでいるのに、こうもアルス君の反応が薄いと複雑な気持ちになりますね。乙女《おとめ》として」

「まあ、仕方がないよ。アルスくんは、私たちともっと凄いことをしているんだから」

「……お前ら、いい加減にしておけ。声が大きいぞ」

二人はただでさえ、人目を引く外見をしているのだ。

学園の外とはいえ、これ以上、注目を浴びるのは避けておきたいところである。

「クソッ。一体、なんなんだよ。あの男!?」

「アイツ、庶民《しょみん》だろ！　どうして庶民の男が美女を二人も連れ歩けるんだ!?」

やれやれ。

どうやら俺の懸念《けねん》は、当たっていたようだな。

俺たちの会話を部分的に聞いていた、通りすがりの男たちは、何やら悔《くや》しそうに地団駄《じだんだ》を踏むのであった。

〜〜〜〜〜〜〜〜〜〜〜〜〜〜〜


さて。二人の買い物に付き合うこと数時間。

途中で個人的な買い物などを挟んでいると、二人の買い物がようやく終わったみたいである。

「ふう。今日の戦果は素晴らしいですね。大満足です」

「お財布の中が寂しくなっちゃったなあ。また仕事を頑張らないとなぁ」

買い物を済ませた二人は、満面の笑顔で店から戻ってきた。

迫りくる異様な気配に気付いたのは、二人と合流した時のことであった。

つけられているな。

この殺気、おそらくプロの暗殺者《アサシン》によるものである。

人混みの中に紛《まぎ》れているので、場所の特定までは難しいが、そう離れていない場所から監視をしているようだ。

「ねえ。この後、どこかに食べに行かない」

「良いですね。実を言うと、気になる店を近くに幾つか見つけたんです。この後、三人で行きましょう」

「え～。レナのオススメの店は、量が多すぎるからなぁ～」

どうする。

二人に伝えるべきなのだろうか。

いや、敵の意図が分からない以上、不要な情報を伝えるのは控えておくのが良いだろう。

二人の間に緊張が走ると、刺客《しかく》を刺激する結果を招くリスクがある。

「あ。魔導昇降機《エレベーター》が来たみたいだよ」

ルウが指さした先にあったのは、魔導昇降機《エレベーター》と呼ばれる装置であった。

魔導昇降機《エレベーター》は、最先端の魔導テクノロジーだ。

この魔導機の開発によって、《暗黒都市《パラケノス》》の周辺には高層ビルが立ち並ぶことが増えるようになった。

今、この場所は商業ビルの十階である。

階段で上り下りするよりも魔導昇降機《エレベーター》を使って移動する方が早いだろう。

魔導昇降機《エレベーター》に乗って、目的の場所に移動するためにボタンを押す。

行き先はもちろん、出口のある一階である。


「…………!?」


異変を感じたのは、俺たちが魔導昇降機《エレベーター》の中に乗り込んだ直後のことであった。

この気配、殺気だな。

どうやら刺客は、俺たちの乗っている魔導昇降機《エレベーター》の上方から向けられているようである。

〰〰〰〰〰〰〰〰〰〰〰〰〰〰〰〰〰

一方、ここはアルスたちが乗っている魔導昇降機《エレベーター》の上部である。

一般客が入れない薄暗い場所にいたのは、梅《ばい》と呼ばれる暗殺者であった。

アルスの命を狙う異国の魔法師である『松竹梅《しょうちくばい》』の三人は、それぞれ、独自の矜持《きょうじ》を有する暗殺者集団《アサシン》であった。

（ククク。まんまと乗り込みやがったな……。オレ様の領域《テリトリー》に）

ターゲットの気配を検知した梅は、ニヤリと黄ばんだ歯を零《こぼ》す。

（オレ様の信条は『戦わずして勝つ』だ。人間を一人殺すのに、たいした労力は必要ない。安上《チープ》がりな暗殺こそ、オレ様の真骨頂《しんこっちょう》よ）

他の暗殺者と比較をして効率性を重視する梅は、仕事の際にはリスクを取らない性格で知られていた。

梅が好んでいるのは、状況に応じて使用することのできる最も確実な暗殺の方法だ。

（さあ。とくと味わいな。地上十階からの、地獄行きの片道切符だぜ）
不敵に笑った梅は、魔導昇降機《エレベーター》を繋《つな》ぐケーブルをナイフで切断するのだった。

～～～～～～～～～～～～～～～

ふむ。どうやら今回の暗殺者《アサシン》は、悪知恵の働くやつのようだな。
僅《わず》かだが、金属の擦れる摩擦音がした。
おそらく刃物を使って、魔導昇降機《エレベーター》のケーブルを断ち切っているのだろう。

プツンッ。

突如として魔導昇降機《エレベーター》の中の照明が消えて、辺りが暗くなる。
支えを失った魔導昇降機《エレベーター》は、凄《すさ》まじいスピードで重力に従って落下していく。

「「…………!?」」

一緒にいた二人も異変に気付いたようだ。

ただ、驚きのあまり声も出せなくなっているようであった。

さてさて。どうしたものか。

冷静に防御魔法を発動できれば、致命傷は回避できるくらいのダメージになるだろう。

だがしかし。

不測の事態の中で正確に魔法を発動することは、熟練の魔法師であっても難しいとされているのだ。

今の二人にそのレベルを求めるのは酷《こく》である。

であれば、別の策を模索していくべきだろう。

「レナ。ルウ。俺が合図を送る。その瞬間に飛ぶぞ」

「「…………」」

二人に意図は伝わったようだな。

リスクはあるが、今取れる最善の方法は『コレ』以外にはないだろう。

「3、2、1。ジャンプだ」

右にいるレナ、左にいるルウと手を繋いだまま跳躍する。

ドガシャァァァァァアアン！

瞬間、凄まじい轟音《ごうおん》と共に魔導昇降機《エレベーター》が地上に向かって落下する。

やれやれ。

間一髪《かんいっぱつ》のタイミングだったようだな。

それなりに危険な場面であったが、無傷で切り抜けることができたみたいである。

「あれ……。どうしてワタシたちは無事なのでしょうか……」

「凄《すご》い……。魔法みたい……」

別に驚かれるようなことは何一つとしていないのだけれどな。

種を明かせば、簡単な物理の法則である。

落下することによって生じた下ベクトルの力を、ジャンプで得た上ベクトルの力で相殺《そうさい》したのだ。

言ってしまえば、それだけのことである。

だが、実行に移して成功させるのは、それなりに難易度は高かった。

こうして無傷でいられたのは、運によるところも大きかったのかもしれないな。

「ねえ。どうしよう。この扉、開かなくなっているよ!?」

「そんな……。閉じ込められてしまったというわけですか……!?」

ふむ。どうやら落下の衝撃で魔導昇降機《エレベーター》のセンサーがバカになってしまったみたいだな。

だがしかし。

俺にとっては些細《ささい》な問題といって良いだろう。

「いや。開いたみたいだぞ」

「「えっ」」

俺が何事もなく扉を開いてやると、二人は唖然《あぜん》とした表情で驚いた。

「ど、どうやったの⁉」

「アルスくんのことです。きっと凄い魔法を使ったに違いありません」

期待に応えられずに申し訳ないが、こちらも別に魔法を使ったわけではないのだよな。

単なる腕力の問題である。

日々の鍛錬を怠《おこた》らなければ、大抵の問題は魔法を使わずとも解決することができるのだ。

今回のことは良い例だろう。

さて。何はともあれ、魔導昇降機《エレベーター》の扉が開いて、外に出られるようになったみたいである。

今の俺たちに必要なのは、周囲の様子を観察してみることだろう。

「ククク。今回も易《やす》い仕事だったな。ターゲットはペシャンコだぜ」

よくよく耳を澄ませてみると、何処《どこ》からか怪しげな声を聞き取ることができた。

この声の方角は、上層階か。

どうやら刺客《しかく》は俺たちを仕留めたものと考えて、完全に油断していたようである。


「んなっ……!?」

上方にいるターゲットの男と目が合った。

「ど、どうしてアイツが生きているんだよ!?」


確実に仕留めたはずの俺が生きていたことに恐怖を抱いたのだろう。

顔色を変えた暗殺者《アサシン》の男は、既に逃走を始めているようであった。

ふむ。階段を使って追いかけていては、ターゲットを取り逃すことになるかもしれないな。

であれば、跳んでいくのが早いだろう。

身体強化魔法発動、脚力強化。

俺は魔法で脚力を強化してやると、十階に向かって跳躍する。

「凄い……。飛んでいる……⁉」

「嘘……。最上階まで行っているよ⁉」

俺が大きくジャンプをするとレナとルウが、それぞれ地上で驚きのコメントを残しているようであった。

さて。敵の近くにまで接近したので、あとは捕まえるだけだろう。

「どけっ！　邪魔だっ！」

ふむ。どうやら敵は、人混みの中に紛《まぎ》れて逃走を図っているようだな。

逃げている途中で店から服を盗んでいるようだ。

変装をしてしまえば、これ以上、俺が追ってはこられないと踏んでいるのだろう。

悪くはない策だ。
敵もそれなりに場数を踏んではきているのだろう。
この人混みの中で銃を抜くわけにはいかないからな。
相手が俺でなければ、上手《うま》く逃げ切れたのかもしれない。

「おい！　なんだ！　一体、何が起きている！」
「うわーん。お母さーん！」

人混みの中、強引に逃走をする刺客の手によって、パニックに陥《おちい》っているようだ。
さてさて。どうしたものか。
敵を追いかけようにも、セールに群がる買い物たちが壁となっている。
時間をかけていては、逃走を許すことになりそうだ。
この状況を突破するためには工夫《くふう》を凝《こ》らす必要があるようだな。

「ここだ」

そこで俺が取り出したのは、特製の仕込みワイヤーである。
コイツを使うのは、久しぶりだな。
仕事の現場以外で使うことになるとは思いも寄らなかった。

シュオンッ！

俺は天井に向かってワイヤーを投げる。
このワイヤーは、操作一つで伸縮自在の優れものである。
俺は天井にひっかけたワイヤーを利用して、人混みを飛び越えてやることにした。

「んなっ⁉」

無数の人混みを飛び越えて、ターゲットに接近する。
追い詰められた刺客は、あからさまに狼狽《ろうばい》しているようであった。

「…………⁉」

はてな。

確実に捉えたはずなのだが、ターゲットの男は、寸前のタイミングで忽然《こつぜん》と姿を消してしまったようだ。

転送の魔法か。

あらかじめ、逃走用に仕込んでいたものを利用したのだろう。

小癪《こしやく》な真似《まね》をしてくれる。

鷹《おれ》の追跡を撒《ま》くことは、不可能だということを思い知らせてやる必要がありそうだ。


〜〜〜〜〜〜〜〜〜〜〜〜〜〜〜〜〜〜〜〜〜〜〜〜


さて。

消えた敵を追いかける必要が出てきたわけだが、勝算は十分に残されている。

一瞬で移動を可能にする『転移の魔法』であるが、幾つか明確な欠点が存在している。

それは移動できる距離に限界があるということだ。

つまりは、敵は近場に潜んでいる可能性が高い。

更に、この魔法の性質を考えれば、敵の転移先を予測することは容易である。
この魔法は、転移先に、事前に作成した魔法陣をセットしておく必要があるのだ。
魔法陣の作成には、それなりの時間が必要となる。
人通りの多い場所に転移している可能性は考えにくい。
であれば、現時点で一番怪しいのは、ここから少し離れた位置にある非常階段だな。

「はぁ……。はぁ……。オレ様としたことが一生の不覚だぜ……」

当たりだな。
気配を押し殺して非常階段に移動すると、先程の刺客が肩で息をしているようだった。

「万が一の事態に備えた『保険』を使うことになるとは……。これが王室御用達《ごようたし》の暗殺者《アサシン》、死運鳥《ナイトホーク》の力か。侮《あなど》っていたぜ……」

ブツブツと独《ひと》り言《ごと》を口にした男は、店から盗んだ衣装を使って変装を施《ほどこ》しているようだった。

「ククク。だが、ここまで逃げれば追ってはこられないだろう」

俺と距離を取り、変装を施《ほどこ》せば、危険は去ったと考えていたのだろう。
着替えの済んだ刺客の男は、完全に表情を緩《ゆる》めているようであった。

「歯茎《はぐき》を見せるには早かったようだな」

背後を取った俺は、敵の首筋に冷たい銃口を突き付けてやる。

「んなっ――!?　いつの間に――!?」

静かに声をかけてやると刺客の男は、背筋をビクリと震わせていた。

「ど、どうしてこの場所が――!?」

簡単な話だ。

暗殺者《アサシン》としての基本的な心得である。
訪れた場所の地形は、どんな時も詳細に把握《はあく》しているのだ。
初めて訪れる建物だが、既に俺は、この場所を誰よりも深く理解しているのである。
だからこそ、こうして敵の転移先を突き止めることができたのだろう。

「ガッ――!?」

他愛《たわい》ない。
追い込んでしまえば、赤子の手を捻《ひね》るよりも簡単な仕事だったな。
親父《おやじ》との約束もあるので命までは取るつもりはない。
銃身で後頭部を殴《なぐ》るだけに留めておいた。

「…………」

念のために敵の体に触れてみるが反応はない。
不意の一撃を受けた男は、呆気《あっけ》なく気絶をしているようだ。

ふむ。

小賢《こざか》しいだけで、魔法師としての戦闘能力は下の下も良いところだな。

道理で小手先の暗殺術に頼るわけである。

さてさて。

気絶した男の体をこの場に放置しておくわけにはいかないだろうな。

何処《どこ》か隠しておくのに良い場所はないだろうか。

俺は気絶した男の体を引いて、男の体を隠す場所を探してやることにした。

俺の記憶が正しければ、一箇所《かしょ》だけ、都合の良い場所があるようだな。


「あの、お客さま……。これは一体……？」

「…………」


俺の行動を不審に思ったのだろう。

近くにいた店員が声をかけてくる。

ブティックショップの女性店員は、信じられないものを見るような眼差《まなざ》しを俺に対して向けているようであった。

「断っておくが、俺は怪しいものではない。何処にでもいる普通の学生さ」

店員の疑念を晴らすには、自己紹介をするのが有効だろう。

魔法学園の生徒という肩書きは、初対面の相手の信頼を得るには便利である。

「何も聞かずに、ここに連絡をしてほしい。詳しい事情はそこで聞くことができる。協力金くらいは出してくれるだろう」

悩んだ挙句《あげく》に俺は、組織に繋《つな》がる受付のある事務所の名刺を店員に渡しておくことにした。

昔の俺であれば『後始末』まで担当していたのだが、今の俺は『一般人』に過ぎないのだからな。

後のことは組織に任せておくのが良いだろう。

7話　異国の魔法師

それから。

無事に刺客《しかく》の確保に成功をした俺は、今日あった出来事を親父に相談してみることにした。

訪れたのは、組織の隠れ家として利用しているいつもの酒場である。

「まず、今回、お前さんを襲ったのは、神聖都市ラタトスクの魔法師らしい。依頼人から報《ほう》酬《しゅう》を貰って殺しを実行する……。プロの暗殺者《どうぎょうしゃ》、といったところか」

神聖都市ラタトスクか。

俺も噂《うわさ》で何度か聞いたことがある。

巨大な宗教国家である神聖都市ラタトスクは、俺たちのいる王都ミズガルドと山を隔《へだ》てて隣り合う場所に存在している。

両国の仲は悪く、細かな争いを繰り返してきた歴史があった。

「それで誰の差し金だ？」

プロの暗殺者《アサシン》が出てきたということは、当然、依頼主がいたはずだ。

「これに関しては確証がない。だが、暗殺者《アサシン》を雇ってお前を狙ったのは、十中八九、《逆さの王冠《リバースクラウン》》の残党の仕業《しわざ》だと考えている」

俺からの報告を受けた親父は、いつになく真剣な口調で呟《つぶや》いた。

「知っての通り、《逆さの王冠《リバースクラウン》》は、大部分がウチに吸収されている。その数は、大まかに七割といったところかな」

ここまでは俺も知っている話だ。

《暗黒都市《パラケノス》》の治安を揺るがせていた《逆さの王冠《リバースクラウン》》は、《神聖なる王城》の戦闘が終わった

後に解体されることになった。

行き場を失ったメンバーの一部を《ネームレス》に迎え入れることが決定したのだ。

不死身のジャックを代表とする《逆さの王冠《リバースクラウン》》のメンバーは、現在、俺たちの傘下《さんか》にあるのだ。


「だが、これは逆に言うと、三割は野放しのまま、ということだ。残りの連中は、オレたち《ネームレス》に憎悪を抱いている。復讐《ふくしゆう》の機会を淡々と窺《うかが》っていたのだろうな。まずは刺客を雇って、小手調《こてしら》べというところだろう」


なるほど。可能性としては十分に考えられる話だな。

であれば、問題となってくるのは、誰が《逆さの王冠《リバースクラウン》》の残党たちを指揮しているかということだろう。

暗殺者《アサシン》を雇って、俺を殺すように指示した人間も、そのリーダーと同一人物である可能性が高い。


「親父の推測は分かった。だが、刺客は捕えているんだ。拷問《ごうもん》して依頼主の情報を吐かせれば良いだろう」

「いや、残念だが、今回はそういうわけにもいかねえんだ」

俺の提案を受けた親父は、冷静に首を振る。

「お前さんが抜けている間に組織の体制は変わったのさ。今の時代、拷問はコンプライアンス的にＮＧだぜ。相手が隣国の魔法師であれば、猶更《なおさら》だな」

「…………」

なるほど。俺がいない間に随分《ずいぶん》と環境に変化があったようだな。

やれやれ。

平和な時代というのも、何かと不自由なものである。


〜〜〜〜〜〜〜〜〜〜〜〜〜〜

一方、その頃。

ここは《暗黒都市《パラケノス》》の、とある建物の地下に造られた簡易的な事務所である。

その中にアルスの抹殺《まっさつ》を目論《もくろ》んでいる怪しげな男たちの姿があった。

「おい。どういうことだい。キミたちの仲間が、さっそく返り討《う》ちにされているようなのだが……」

暗殺失敗の報告を受けて、不機嫌そうに呟くのは、身長一六〇センチほどの小柄な男である。

男の名前はアッシュ・ランドスター。

かつてアルスが戦った宿敵、レクター・ランドスター、ジブール・ランドスターの親族に当たる男であった。

「ククク。ご安心ください。梅《ばい》は我々『松竹梅《しょうちくばい》』の中でも最弱の存在ですよ」

「所詮《しょせん》はオレたちの中での『お試しコース』といったところだな」

部下である『梅』が倒されたにもかかわらず、『竹《ちく》』と『松《しょう》』は、それぞれ余裕の態度を崩さないでいた。

それもそのはず。

梅の暗殺スタイルは、策略に頼るものであり、暗殺者《アサシン》としての戦闘能力は決して高いものではなかったのだ。

「次はオレに行かせてくれよ。兄者《あにじゃ》」

新たに名乗りを上げた男は身長二メートルに迫る大男である。

男の名前は竹という。

異国の魔法師集団の中でも生粋《きっすい》の武闘派と呼ばれた男であった。

「見せてやるぜ。オレたちの力。魔法後進国の人間に」

不敵に笑った竹は、手にした酒瓶《さかびん》を力一杯に握り締める。

竹が握った後の酒瓶は、粉々に砕《くだ》け散り、見るも無残な姿に形を変えていた。

（ふんっ……。まあ、どちらでも良いよ。このクズどもがどうなろうと、ボクにとっては関係

のないことさ）

実のところ、アッシュは最初から暗殺者《アサシン》たちが、アルスを殺すことに期待はしていなかった。

大切なのは、敵の戦力を知り、必要なデータを採集することだ。

アッシュにとっての本命の作戦は別にあったのだ。

（アルス・ウィルザード。首を洗って待っていることだね。いずれにせよ、キミに待っているのは地獄だよ）

湿気の籠《こ》もった薄暗い部屋でアッシュは独り、不敵な笑みを零《こぼ》すのであった。

8話　モテバトル

それから。

謎の暗殺者《アサシン》の襲撃に遭《あ》った翌日のことだ。


「まったく……。何故、このボクが、こんな場所に……」

「アニキ。お久しぶりッス」


その日、俺は組織の元同僚であるサッジとロゼと共に酒場を訪れていた。

サッジにオススメされて訪れたのは、《暗黒都市《パラケノス》》の路地裏で営《いとな》んでいる老舗《しにせ》であった。

今日は、組織を抜けて『情報交換会』という名目で集まることになっていたのだ。

俺が組織を抜けてから、暫《しばら》く経っているからな。

情報をアップデートしておくには良い機会だろう。

「マスター。焼酎《しょうちゅう》のロックを追加で。お通しの葉野菜《キャベツ》もおかわり」

「はいよ」

　サッジはさっそく安酒の入ったグラスを空《あ》けたようだ。

　テーブルに着いてから、まだ数分しか経っていないのに、たいしたスピードである。

「はあ……。なんですか。この小汚い店は。やはり、このアホに幹事を任せたのは失敗でしたね。店選びのセンスが壊滅的です」

「チッチッチ。ロゼっちは、分かっていないな～。酒場っていうのは、汚ければ汚いほど良いんだよ。家賃が安く済んでいる分、料理のクオリティーが上がるんだぜ」

「限度というものがありますよ。サービスを含めての料理です」

「まあ、ロゼっちにも、いつか分かる時がくるよ。結局、男は旨《うま》い酒と肴《さかな》があれば、他に何もいらないのさ」

「一生、分からなくて良いです。ボクは貴方《あなた》のような大人になりたくないので」

相変わらず、この二人の会話はチグハグのようだ。

だが、まあ、こうして二人で揃って、酒の席に着いているあたり、実のところ、仲は悪くはないのかもしれない。

微妙な雰囲気《ふんいき》の中で、酒の席は始まる。

「つまり、専制君主制の弱点は、政治の質が安定しないということにあるのですよ。いずれにせよ、未来の政治は、国民一人一人にスポットライトを当てたものであるべきです。その点についてアルス先輩はどう思いますか？」

「で、オレはその女に言ってやったんスよ。たしかに女の価値は、胸のでかさで決まるわけではない。だが、それはそれとして、でかいに越したことはないってな。この点に関して、アニキはどう思います？」

混沌《カオス》な状況だ。

両隣から飛んでくる会話は、およそ同時に処理できるような内容のものではなさそうだ。

「俺から言えることは一つだけ。二人とも。飲み過ぎだ」

もっとも、二人が飲み過ぎるのも無理はないのかもしれない。

飲んだくれのサッジが勧めるだけあって、この店が出す料理は、それなりに質の高いものであった。

コストパフォーマンスという観点においては、他の追随《ついずい》を許さないものがあるだろう。

「ふっ……。どうやらオレたちの間でキッチリ、序列というものをつける時が来たようだな」

「いいでしょう。受けて立ちますよ。前々から貴方《あなた》のことは気に入らなかったですからね」

何やら不穏な空気が漂ってきたぞ。

この二人が本気で戦闘すれば、店の一軒くらいは訳なく吹き飛ばすことになりそうだ。

酒の席の粗相《そそう》では収まらない大問題に発展しかねない。

「この三人の中で誰が一番モテるのか。モテバトルを開催しましょう！」

「「…………？」」

んん？　これは一体どういうことだろうか。

サッジが唐突《とうとつ》に意味の分からない提案をしてきたぞ。

「ルールは簡単。これから三人でナンパをして、一番、良い女を連れてきた奴が優勝ッス！　勝った人間は、これから男として一目を置かれる栄誉を手にすることになるでしょう」

聞かれてもないのにサッジは、謎のルールを説明して、勝手に盛り上がっているようだ。

「はあ。このバカには付き合いきれませんね。そんな意味不明な提案、ボクたちが乗るはずがないでしょう」

基本的には俺もロゼと同意見だ。

だが、果たして、俺たちの意見は正しいと言えるのだろうか。

刻一刻と状況が変わる戦場においては、臨機応変な対応が求められている。

時には常識外の対応が有効な場合もあるだろう。

自分の『常識』でしか物事を測れない人間は、遠からずに自らの命を危険に晒《さら》すことになるのだ。

どんな時も常に自分を疑い続けることは、一流の暗殺者《アサシン》として必要な心掛けの一つである。

サッジの提案は、たしかに合理性に欠けているように思える。

だが、今の俺に必要なのは、こういう催《もよお》しなのではないだろうか？

何故なら、俺は『普通の学生』として生きていくと決めたのだ。

時には勢いに任せて『非合理』な提案に乗っておくのも、『普通の学生』として生きる上で必要な選択なのかもしれない。


「やってみるか。モテバトル」

「アルス先輩⁉」


俺がサッジの提案に乗ったのが意外だったのだろう。

同席したロゼは、今まで見たことのないレベルで動揺《どうよう》しているようだった。


「ふふふ。話は聞かせてもらったぜ」

突如として、俺たちの会話に割り込んできたのは、近くの席で飲み食いをしていた巨漢の男であった。

この男、明らかに堅気《かたぎ》の雰囲気ではないな。

最初から不審な人物が近くにいることは分かっていたのだが、殺気を出している様子がないのでスルーしていたのだよな。

「何者だ！　名を名乗りやがれ！」

呂律《ろれつ》の怪しい声を上げてサッジは、不審な男に向かっていく。

「ふふふ。オレは『竹《ちく》』っていうものよ。隣国の神聖都市から死運鳥《ナイトホーク》の抹殺《まっさつ》のために送られてきた暗殺者だ。その、モテバトルとかいう余興、オレも混ぜてくれよ」

淡々とした口調で男は、意図の読み取れない言葉を口にする。

「はあ？　貴方《あなた》も大概《たいがい》、意味不明な人ですね。まず、暗殺者《アサシン》が自ら名乗り上げる意味が分かりません。意味不明な余興に混ざりたがる意味は更に分かりません」

ロゼの主張は至って常識的なものである。

刺客《しかく》を名乗る男を前にしたロゼは、既に臨戦態勢に入っているようだった。

「ふっ……。まあ、良いじゃねーか。こんな仕事をしているが、オレは曲がったこと大嫌いでな。オレの信条は、『どんな時も正々堂々』だ。竹のように真っすぐに生きてえのよ。闇討《やみう》ちみたいな真似《まね》をするなら死んだ方がマシだね」

なるほど。

たしかに『竹』という男からは、全く殺気を感じなかった。

つまりは、一対一の状況になるまで、本当に戦う気はなかったという者だろう。

以前に戦った『梅《ばい》』とかいう暗殺者もそうだったな。

異国の魔法師というのは、それぞれ、奇妙な暗殺スタイルを持っている者が多いのかもしれない。

「オレが望んでいるのは、死運鳥《ナイトホーク》との一対一の決闘よ。だが、いきなり決闘を申し込んでも、お前さんは受けてはくれないだろう。だから何か条件をつけるのが良いと思ってね」

よく分からない発想だ。

異国の魔術師の思想は、俺のような暗黒街《スラム》出身の魔術師には馴染《なじ》まないかもしれない。

「この余興、オレが負けたら素直に引き下がることにするよ。今後、お前を狙わないよう仲間たちにも説得しておく。どうだい。お前さんにとっても悪い話ではないだろう？」

たしかに戦闘に発展せずに問題を解決できるのであれば、俺にとっては楽な展開とは言えるだろう。

だが、この男が約束を守るという保証は何処《どこ》にもないわけだけどな。

「アルス先輩。意味不明な提案に乗る必要はありませんよ。貴方《あなた》たちと共闘するのは癪《しやく》ですが、ここは三対一で戦って、確実に捕らえるのが合理的だと思います」

至って冷静な口調でロゼは言う。

だが、今の組織の状況を考えると、事態はそう簡単でもないように感じる。

「おっと。妙な勘違いをしないでくれよ。あくまでオレが望んでいるのは、死運鳥《ナイトホーク》との一対一の決闘だぜ。別に人殺しをしようっていうわけではないんだ」

むう。嫌な予感がするな。

この男、滅茶苦茶《めちゃくちゃ》なことを言っているように見えて、意外と痛いところを衝《つ》いているのかもしれない。

「しらばっくれるな。お前の目的はアルスの暗殺だろう」

「いやいや。別に殺すつもりはないぞ。まあ、決闘の結果、打ち所が悪ければ死んじまうかもしれないけどな。それとも何か？　この国では決闘が禁じられているのか？」

随分《ずいぶん》と堂々とした暗殺者《アサシン》がいたものだな。

この国では双方の合意があれば、決闘が罪として問われることはない。

決闘の結果、大怪我《おおけが》を負って死んだとしても、相手が庶民《しょみん》であれば、大半のケースが免責とされている。

俺のような庶民を相手に闇討《やみう》ちをする必要はないということなのだろう。

憎たらしいほどに堂々とした暗殺。この男のやり方が見えてきたようだ。


「どうしますか。アルス先輩」


ふうむ。

少なくとも、今、この時点では、刺客の男は直接的な戦闘を望んでいないわけだしな。

この平和な時代で、敵意のない相手に先制攻撃を仕掛ければ、咎《とが》められるのは、俺たちの方かもしれない。


「……俺には判断しかねる。ホストに任せるとしよう」


やれやれ。面倒だな。

俺からしてみれば、素直に闇討ちをしてくれる方が、幾分と対処しやすい相手だった。

「自分は賛成ッス！　参加者は多い方が盛り上がるッス！」


サッジは賛成のようだ。

この男の場合は、まったく何も考えていないで決めているのだろうけどな。

やれやれ。

面倒ではあるが仕方があるまい。

ひとまず今は暫《しばら》く泳がせておいて、少しでも妙な動きを取るならば、対応していくのが最善だろう。


「クッ……。この状況は一体、どういうことだ……。ボクは悪い夢でも見ているのか……」


頭の固いロゼからすれば、色々な意味で受け入れがたい展開だったのだろう。

予想外の展開を受けたロゼは、暫く頭を抱えているようであった。

～～～～～～～～～～～～～～～


それから。

場の流れが妙な方向に進んだことによって、サッジの提案する『モテバトル』という余興を開催することになった。

「よっしゃ！　今から一時間後、この街で最高の美女を連れてきた奴が優勝ッスよ！」

サッジのやつ、未だに酒が抜けていないようだな。

刺客が絡んでいる以上、オフのムードは吹き飛んだというのに困ったやつである。

「ふふふ。さてと。オレも動くとするか」

「クッ……。どうしてボクがこんな茶番に……」

俺を狙う謎の刺客である『竹』と何故か強制参加となった『ロゼ』が、それぞれに行動を開始したようである。

さて。どうやら俺も動かなくてはならない時が来たようだな。

美女、か。

ここは不夜の街と呼ばれることもある《暗黒都市《パラケノス》》だ。

幸いなことに人の流れというものは、絶え間なく存在しているようである。

「でさ。アタシはその痛客に言ってやったんだよ。今度、足を触ってきたら騎士団に突き出すぞって」

「いるいる。そういう客に限って、すごくしつこかったりするんだよね」

ふむ。派手な衣服を着ている女性が多いな。

どうやら、この通りは水商売をしている女性が多くいるようだ。

何故だろう。

街行く女性たちの姿を眺めていると、不意に一つの疑問が頭に浮かび上がってきた。

美女、と呼ぶには物足りない気がするな。

その時、俺の脳裏《のうり》に過《よぎ》ったのは、いつも学園で接している二人の少女の姿であった。
むう。どうやら二人と接しているうちに俺の眼は、微妙に肥《こ》えてしまったようだな。
二人に比べれば、どの女性も見劣りしている気がしてならないぞ。
まあ、あまり外見を気にし過ぎるのも良くないな。
外見よりも大切なのは、その人間の内面《ほんしつ》だろう。

「あのう……。すいません……」

さて。そんなことを考えていると、不意に声をかけられる。
俺に声をかけてきたのは二十代前半と思《おぼ》しき二人組の女性であった。

「お兄さん。今、時間ありますか？」
「私たち、今から飲みに行こうと思っているんです。お兄さんも良ければ一緒にどうですか？」

少し、驚いたな。

まさか待っているだけで、女性の方から声をかけてくるとは思ってもいなかった。

「どうして俺に声をかけてきたんだ？」

この通りに立っている男は、俺以外にも相当な数が存在している。

であれば、その中から、あえて俺を選んだ理由というものが存在しているはずだろう。

「えー。だってお兄さん、凄《すご》いイケメンだし。このレベルのイケメンって、超激レアだなって思って」

「私は雰囲気《ふんいき》かなぁ。なんだか、優しそうな眼をしていると思いまして」

これまた意外な反応が返ってきた。

優しそう、か。

生まれてから初めて言われた言葉かもしれないな。

おそらく、これは『暗殺者《アサシン》』をやめて『普通の学生』として生きると決めた影響が出ているということなのだろう。

学園に入る前、暗殺者《アサシン》として孤高の存在として、同業者たちからも恐れられる存在であった。

体には取れない血の臭《にお》いが染みついて、眼光は鷹のように鋭いと言われていた。


誰も近づけない、そんなオーラを放っていた。


俺を変えたのは、あの二人か。

学園に入って以降、俺の雰囲気は柔らかいものになっているのかもしれない。

「で、この後、どうしますか？　アタシたち、お兄さんと一緒なら、何処《どこ》にでも行きますよ」

「あ。言っておきますけど、エッチな場所は、ダメですからね。私はまだ心の準備が……」

さてさて。どうしたものか。

彼女たちに事情を説明すれば、とりあえずの課題は達成することができるのだろう。

「残念だが、またの機会にしておくよ。今は人を探しているところなんだ」

サッジの提案する余興は開始してから五分と経っていない。

まだまだ時間はあるのだ。

限界まで『美女探し』に取り組んでみることにしよう。

どんなに『くだらないこと』であっても、全力で取り組めば、自分の中で新しい発見を得られるものなのだ。


〜〜〜〜〜〜〜〜〜〜〜〜〜〜〜〜〜〜〜〜


それから。

最初の女性に声をかけられてから、三十分ほどの時が経過しようとしていた。

俺の『美女探し』は続いていた。

むう。この美女探しという余興、意外と難しいものなのだな。

途中、何度か女性に声をかけられたものの、自分の中にピンとくるものがなく見送る結果となっていた。

とはいえ、高望みできる余裕はなくなってきたな。

ある程度のレベルで折り合いをつけなければ、手ぶらで戻ることになりそうだ。

「お。ラッキー。綺麗《きれい》な姉ちゃんを発見～」

「なあ。そこの彼女。オレたちと一緒に楽しいことをしようぜ」

暫《しばら》く街を歩いていると、気になる光景が視界に入る。

チンピラたちが一人の女性を囲んで声をかけているようだ。

やれやれ。

今日に限っては、他人のことを言えた義理ではないのだが、あまり褒《ほ》められた景色ではないな。

「すまないが、他を当たってくれないか。生憎《あいにく》とワタシは仕事中なものでね」

男たちに声をかけられた女性は、毅然《きぜん》とした声で断りを入れているようだ。

「まあまあ。そう堅いことを言うなって」

「オレたちの言うことを聞いていれば、悪いようにはしねえからさ」

ハッキリと断られているのだが、男たちは執拗《しつよう》にアプローチを続けているようだ。

「去れ。次はないぞ。ワタシは王立魔法学園で教師をしているものだ。キミたちのような人間を追い返すくらい訳はないのだぞ」

んん？　これは一体どういうことだろう。

俺の聞き間違いでなければ、今、気になる単語が聞こえてきたような気がするぞ。

改めて状況を確認してみる。

驚いたな。

男たちから声をかけられていたのは、見たことのある顔であった。

リアラだ。

彼女は俺たちクラスの担任教師である。

普段の服装とは異なるので気付くのが、少し遅れてしまった。

その時、俺の脳裏《のうり》に過《よぎ》ったのは、いつの日か朝のＨＲ《ホームルーム》でリアラから聞いた言葉だった。

『これに伴《ともな》い、我々、教師は夜の見回りを強化することにした。諸君ら一人一人が王立魔法学園の生徒である自覚を持って——』

頭の片隅に記憶が残っている。

ふむ。そういえばリアラは、見回りを強化すると言っていたな。

彼女が《暗黒都市《バラケノス》》にいるのは、生徒たちの非行を監視する目的なのだろう。

「強情な女だな。だが、オレはそういう女、嫌いではないぜ」

異変が起きたのはチンピラが、リアラの肩に手を回そうとした直後のことであった。

「うおっ。あちぃっ！」

チンピラが甲高《かんだか》い悲鳴を上げる。

炎だ。どうやらリアラが構築した魔法らしい。

だが、妙に威力が弱いな。

リアラが本気を出せば、男たちを丸焦げにするくらいは、簡単にできると思うのだけれどな。

威力を抑えているのは、彼女なりの優しさなのだろう。

「畜生《ちくしょう》！　このアバズレが！」

「頭にきたぞ。やっちまえ！」

やれやれ。

女に振られた腹いせに暴力に頼るとは、男の風上にも置けないやつだな。

男たちは、それぞれ刃物まで持ち出して、応戦する構えを見せていた。


「…………!?」


まさか、武器まで持ち出してくるとは思ってもいなかったのだろう。

リアラの表情には、僅《わず》かに動揺《どうよう》の様子が滲《にじ》んでいるようだった。

ふうむ。

俺が姿を現すと話がややこしくなるので、できれば大人しくしておきたいところであったが、そういっていられる状況ではなくなっているみたいだな。

ここは助け舟を出してやった方が良いだろう。


「やめておけよ。その辺で」

俺は刃物を向けようとするチンピラの腕を掴《つか》んで、動きを静止させてやる。


「ああん？　なんだよ。このガキ」

「正義のヒーローを気取っているつもりか？」


正義のヒーローか。

長らく暗殺者《アサシン》として生きていた俺には最も似合わない言葉である。

残念ながら、この男たちは、人を見る目というものが、まったくないようだな。

「アルスか……。どうして此処《ここ》に……」

俺の姿を目の当《ま》たりにしたリアラは、目を丸くして驚いているようであった。

「おい。まずは、このガキからだ」

「フルボッコにしてやんよ」

額に青筋を浮かべた男たちが俺に向かって、拳を振り下ろしてくる。

遅いな。

路上の戦闘《ストリートファイト》に慣れている俺からすれば、欠伸《あくび》が出るようなスピードである。

「あっ」「ぎゃっ」「ぐわっ」

俺は一斉に襲い掛かってくるガラの悪い男たちを、返り討《う》ちにしてやることにした。

他愛《たわい》ない。所詮《しょせん》はゴロツキだな。

この程度の相手であれば、魔法を使う必要すらないだろう。

「な、なんだよ……。このガキ……」

「強い……。強すぎる……」

先程までの威勢の良い態度は何処《どこ》にやら——。

襲い掛かってきた男たちは、ものの数秒としないうちに地面の上に転がった。

「……アルス。これは一体どういうことだ。どうしてキミが、こんな時間に《暗黒都市《パラケノス》》を出歩いている」

戦闘が終わって暫くした後、リアラは強い口調で声をかけてくる。

「キミは優秀な生徒だ。間違っても非行に走ることはないだろう。だが、夜の《暗黒都市《パラケノス》》を出歩くのは感心しないな」

リアラの忠告は、教師としては至極《しごく》当然のものだろう。

平和になったとはいえ、この夜の《暗黒都市《パラケノス》》は学生たちが出歩くのには危険が多すぎる。

こうしてゴロツキたちに絡まれたことが良い例だろう。


「……だが、助けてくれたことには感謝しよう。この借りはいつか必ず返させてもらう」


俺に助けられたことに、よほど感銘《かんめい》を受けたのだろうか。

リアラは普段見せたことのないような　照れた表情で感謝をしてくれているようだった。

ふうむ。

よくよく考えてみると、この状況は俺にとって好都合なものなのかもしれないな。

世間一般的な価値観に照合させて、リアラは美女と呼んでも差し支えのない外見をしている。

魔法師としてもストイックに鍛錬を積んでおり、庶民《しょみん》を差別しない中立的な価値観も持ち合わせている。

内面的《ほんしつ》な部分も美しいと判断できるだろう。


「いつかと言わずに今返して頂けませんか」

少なくとも彼女以上の美女を見つけることは、今の俺には不可能な気がするな。

だから俺は、リアラに向かって、そんな提案するのだった。


〜〜〜〜〜〜〜〜〜〜〜〜〜〜〜〜


でだ。

ひょんなことから、リアラの協力を獲得することに成功した俺は、サッジに指定された待ち合わせ場所に向かうことにした。

残された時間は残り五分といったところか。

ギリギリのタイミングではあるが、間に合ったみたいだな。


「なあ。アルス。いい加減、状況を説明してくれないか」


隣を歩くリアラが腑《ふ》に落ちないという表情で語りかけてくる。

リアラからすれば、突然の誘いに困惑するのは無理もないことなのだろう。

さてさて。

この状況を果たしてなんと説明すれば良いのやら。

どんなに言葉を取り繕《つくろ》っても、他人が納得できる理由を作り出せる気がしないな。

今回のことは様々なイレギュラーが重なった結果だからな。

「事情を説明するのは難しいですね。先生は適当に話を合わせていてください」

リアラには悪いが、やはり、今この場で詳細な事情を説明するのは不可能だ。

であれば、多少の不自然があっても強行突破するしかないだろう。

「フハハハ！　オレの完全勝利だぜ！　ロゼっち！」

「納得いきません！　こんな結果、詐欺《ペテン》ですよ！　詐欺《ペテン》！」

ふうむ。どうやら二人が揉《も》めているようだな。

二人が口論するのはいつものことであるが、一応は状況を確認しておくか。

「どうした。何があった」

「いやー。ロゼっちのやつ、結局、誰一人として女の子を連れてこられなかったみたいでね。オレを前にして手も足も出なかったみたいッス」

「ふざけないでください。貴方《あなた》が連れてきた女性はノーカウントですよ！」

サッジが連れてきた女性を確認してみる。

そこにいたのは五十代半ばと思《おぼ》しき小太りの女性であった。


「あの方は？」

「オレの行きつけの居酒屋の店員さんッスよ」

「ふふふ。ウチのさっちゃんがいつも世話になっているよ。同僚さんたち」


なるほど。

かなり年上のようだが、たしかに女性を連れてきたという事実は変わらないようだな。

ルールに照らし合わせれば、ロゼの完敗、ということなのだろう。

「とにかく！　男としてオレの方が『上』ということで異論ないよな！　ロゼっち！」

「ウグッ……。ボクは認めないぞ……。こんな男に敗北したというのか……」

ロゼの不満は分かるが、ルールである以上は仕方がないだろう。

それはそれとして、ロゼが戦闘以外で、ここまで喜怒哀楽を表に出すのは珍しいような気がするな。

「アニキ。その人は？」

そんなことを考えていると、話題の中心は、俺の隣で微妙な表情をしているリアラの方に向けられた。

「俺のクラスの担任教師だ。偶然、街で会ったので協力してもらうことにした」

「うおおお！　流石《さすが》はアニキッス！　もの凄《すご》い美人ですね！　このままカキタレにしちまいましょうよ！」

「たしかに。顔だけは、それなりのようですね。ですが、かなりの年上じゃないですか？　アルス先輩に釣り合う女性だとは、到底、思えないですけどね」

驚くほどデリカシーのない連中だな。

二人が俺と比較をして、成果を残せなかった理由が分かったような気がするぞ。

「なあ。アルス。この連中はなんだ」

「昔からの顔なじみです。気にしないで下さい」

現在の状況をリアラに伝えるのは、やめて方がいいだろうな。

中途半端に説明するのは、墓穴を掘ることになりそうだ。

「とにかく！　アニキが連れてきた女は、極上《ごくじょう》の美人ッスからね。これで優勝間違いなしッスよ！」

さてさて。果たして、そんなに上手《うま》くいくものだろうか。

竹とかいう男も何かしら勝算があって、この勝負に挑んだはずだろうからな。

「グフフフ。待たせたな。小童《こわっぱ》ども」

そうこうしている内に刺客《しかく》の男が、俺たちの前に現れる。
どうやら時間的には、ギリギリで間に合っているみたいだな。

「どうだい。オレ様が連れてきた美女は。なかなかのものだろう」

自信満々な態度で竹が紹介してきたのは、二十代半ばの細見の女だった。
なるほど。
自信を持って紹介してきているだけのことはあって、たしかに美女と呼んでも差し支えのない外見をしているようだ。

「へえ。この田舎臭《いなかくさ》いオバサンがアタシの比較相手ってわけ。アタシも随分《ずいぶん》と低く見られたものね」

「…………」

竹の連れてきた美女は、リアラのことを完全に下に見ているようであった。

「ねえ。まだ用事は済まないの。アタシの時給は高いんだけど」

やれやれ。

この女、外見だけは美しくはあるが、残念ながら内面《ほんしつ》の部分は美しくないようだな。

人間、年を取ると歩んできた人生が、相応に人相に出てくるものなのだ。

彼女の表情は、欲に取りつかれたような、残念な内面《ほんしつ》に思える。

「おい。見ろよ。スゲー、綺麗《きれい》な姉ちゃんたちがいるぜ」

「たしかに。美人だなぁ。何かのイベントか？」

衆目《しゆうもく》を引く美女二人が対峙《たいじ》したからだろう。

いつの間にか、ギャラリーたちが集まり、盛り上がっているようであった。

「ハッ――。見ろよ。スゲー、注目を浴びている。これだけの美女を連れてきたんだぜ？　オレ様の優勝ということで文句はあるまい。アルス・ウィルザード。約束通り、決闘を受けてもらうぞ」

さてさて。どうしたものか。

個人的には竹が連れてきた女にリアラが劣っているとは思えないのだが、反論するのも面倒だな。

結局のところ、美醜《びしゅう》の基準というのは、個々の判断に委《ゆだ》ねられているところが大きい。

ここは大人しく決闘を受けて、返り討《う》ちにしてしまう方が早いのかもしれない。

「おい！　よく見たら、その子は、隣のキャバレーの人気嬢じゃねーか！　汚いぞ！　金で買収しやがったな！」

んん？　これは一体どういうことだろう？

サッジが気になる指摘を口走り始めたぞ。

キャバレーとは男性が金銭を払って、女性から接待のサービスを受ける店のことをいう。

この《暗黒都市《パラケノス》》には、数多くのキャバレーが存在している。

「ぐっ。ぐぬう……。しかし、店の女を連れてきてはいけないという決まりはなかったはずだぞ。あくまで、ルールの範囲内だ！」

先程までの威勢は何処《どこ》へやら――。

痛いところを衝《つ》かれた竹は、しどろもどろになっているようであった。

「いやいや。今回の趣旨《しゅし》は、モテバトルだぞ。金で女を釣るなんてことは論外に決まっているる！　何が『どんな時も正々堂々』だよ。聞いて呆《あき》れるぜ！」

「…………」

サッジの指摘にショックを受けたのだろう。

竹とかいう男は、完全に押し黙ってしまったようであった。

それから。

どれくらいの沈黙があっただろうか。

「くだらぬ。この余興」

暫くすると開き直ったような態度で刺客の男は呟《つぶや》いた。

「オレが望むのは、アルス・ウィルザードとの一対一の真剣勝負のみ。何故ゆえ、このような茶番に付き合わなければならない」

やれやれ。ようやくそこに気付いたか。

少なくとも俺たちは、とっくに知っていたのだけれどな。

この場にいた人間たちの中で、他に気付いていなかったのはサッジくらいのものである。

「この攻撃、貴様に受けきれるか！」

ようやく殺気を出してきた竹が先制攻撃を仕掛けてきた。

ふむ。戦闘能力に自信を持っているだけのことはあって、動きの方はそれなりのようだな。

「この男、何者だ……⁉　動きが普通ではないぞ……⁉」

竹の猛攻撃を前にしたリアラは、唖然《あぜん》として驚いているようであった。

リアラが驚愕《きょうがく》するのも無理のない話だ。

竹の実力は、俺が今まで戦ってきた魔法師と比較すると、『中の上』といったところだろうか。

可もなく不可もなくといった品質《クオリティー》である。

「ブハハハ！　どうした！　アルス・ウィルザード！　オレ様の鍛え上げた肉体を前に手も足も出ないだろう！」

竹の猛攻撃は続く。

俺は紙一重《かみひとえ》のタイミングで避け続ける。

裏の世界でも『標準以上』の戦闘能力を持っているということは、一般人にとっては規格外の戦闘能力に映るのだろうな。

「クッ……。大切な生徒を守るためだ。やむを得ない！」

ふむ。少し、時間をかけ過ぎたか。

どうやらリアラに余計な心配をかけさせてしまったらしいな。

冷静を欠いたリアラは、今にも加勢に入りそうであった。

「心配は不要ですよ。ティーチャー」

敵の実力は、大体把握《はあく》した。

これ以上は、勝負を長引かせる必要はないだろう。

俺は敵の攻撃を搔《か》い潜《くぐ》ると、カウンターの一撃を与えてやることにした。

「ぐふっ！」

一分の隙《すき》もない渾身《こんしん》の一撃だ。

俺の攻撃を受けた刺客《しかく》の男は、大きく体を吹き飛ばされることになる。

「ぎゃっ!」

男が飛んでいったのは、件《くだん》のキャバレーの女がいた方向である。
やれやれ。
素人《しろうと》の女に手を上げる趣味はなかったのだが、場所が悪かったな。
キャバレーの女は、竹とかいう男に下敷きにされているようであった。

「テ、テメェ……」

ふむ。少し驚いたな。
手加減はしたつもりだが、軽い攻撃ではなかったのだけれどな。
この攻撃を受けて立っていられるとは素直に予想外である。

少し手を抜きすぎたか。

今の俺は一般人に過ぎないからな。

万が一にも殺してしまうわけにはいかないという意識が、働いてしまったのだろう。

『金輪際《こんりんざい》、人殺しは禁止だ。汚れ仕事は、オレたちプロに任せておけばいい。アルは可能な限り『普通の学生』としての生活を心がけてくれ』

その時、俺の脳裏《のうり》を過《よぎ》ったのは、いつの日か親父《おやじ》から贈られた言葉であった。

まるで『呪い』だな。

あの日以来、俺は無意識の内に自身の中に強力なリミッターを設定しまっているのだろう。

殺しを禁じられることによって、俺の戦闘能力は、大幅に『弱体化』してしまっているようだ。

「ちょっ！　何してくれているのよ！　この豚！　アタシの美しい顔に傷がついたら、どうしてくれるわけ！」

この状況を受けて怒り心頭に発する様子を見せたのは、竹が連れてきたキャバレーの女であった。

ふむ。どうやら、こちらも予想外のハプニングが起きているようだな。

何やら妙なことが起きているようである。


「おい。見ろよ。アイツの胸」

「うわ。でかい口を叩くくせに偽乳だったのかよ。ガッカリだぜ」

「…………」


どうやら竹がぶつかった衝撃によって、胸を大きく見せるための道具が外れてしまったらしいな。

想定外のアクシデントに見舞われたキャバレーの女は、あからさまに狼狽《ろうばい》しているようであった。


「ち、違うのよ。これは……。というか、見るんじゃないわよ！　ブサイクども！　訴えるわよ！」

心も体も貧相な女だな。

偽りの胸が外れて、曲線美を失ったことにより、不自然なほどに痩《や》せ細った体が悪目立ちをしているようであった。

結局、外見の美しさを競う対決においても、リアラは圧勝だったということだろう。

「グフッ……。じ、畜生《ちくしょう》……。殺す……。殺してやる……」

さて。美の対決では決着がついたようなので、次は武の決着もつける必要があるようだな。

満身創痍《まんしんそうい》の状態になった刺客の男が襲い掛かってくる。

「どらぁ！」

さてさて。どうしたものか。

どうやら敵は、俺が思っている以上にタフであるようだ。

であれば、これ以上、手を抜いていては、想定外の反撃を受けることになるかもしれないな。

「コイツは俺からの課外授業だ」

そう判断した俺は、敵の股間《こかん》に向かって、カウンターのキックを食らわせてやることにした。

「ごほっ⁉」

次の攻撃には一撃目とは比較にならない威力が込められていた。

股間を蹴《け》り上げられた刺客の体は、大きく宙に浮いた。

金的攻撃は、路上の戦闘《ストリートファイト》においては、基本となる技である。

この男も警戒していたのか、防御魔法で致命傷だけは逃れたようである。

「まさか……。あの技は……」

リアラが何かに気付いたようだ。

そう。

今回の技は、リアラから習ったバスケットボールのダンクシュートを応用したものなのだ。

俺は空中に浮いた敵を、近くにあったゴミ箱にまで叩き込んでやることにした。

「ガハッ――――!?」


強烈な衝撃を受けた敵は、ゴミ箱の中に突き刺さった。

むう。しまった。今度の攻撃は力を入れ過ぎてしまったな。

ゴミ箱から出た竹の足は、ピクピクと妙な痙攣《けいれん》を起こしているようだ。

やれやれ。

殺さないよう加減をしながら戦うのは、案外、難しいものなのだな。


「おい。見たか。今の動き！」

「スゲー、戦いだったぜ。どうなっているんだ！」

俺たちの戦闘を目《ま》の当たりにしたギャラリーたちは、興奮した口調で語り合っている。

むう。普通の学生として生きていくと決めたはずなのだが、今日も必要以上に目立ってしまったようである。反省だ。

「分からない……。アルス……。キミは一体……。何者なのだ……」

沸き上がるギャラリーたちの中に混じってリアラは、ポツリと疑問の言葉を漏《も》らすのであった。

〜〜〜〜〜〜〜〜〜〜〜〜〜〜〜〜〜〜

一方、その頃。

ここは《暗黒都市《バラケノス》》の、とある建物の地下に造られた簡易的な事務所である。

その中にアルスたちの動向を監視カメラで観察する、怪しげな男たちの姿があった。

「おい。どういうことだい。竹とかいう男もアッサリと返り討《う》ちにされたみたいだが?」

「…………」

地下室の中で不機嫌そうに呟《つぶや》く男の名前は、アッシュ・ランドスターといった。

アルスに殺害された《逆さの王冠《リバースクラウン》》の幹部メンバーであるレクター・ランドスターの親族に

あたる男である。

「なるほど。素直に彼の実力を称《たた》えましょう。ワタシの見積もりが甘かったようですね。魔法後進国に、これほどの魔法師が存在していたとは驚きですよ」

松にとって想定外であったのは、暗殺者《アサシン》を引退して、一線を退いても尚、衰えることを知らないアルスの規格外の戦闘能力であった。

「ですが、『梅』と『竹』は、所詮《しょせん》、前菜に過ぎません。ワタシこそがメインディッシュに相応《ふさわ》しい働きを御覧に差し上げますよ」

異国の『松竹梅』のトリオであるが、その実質的な支配権を握っていたのは『松《しょう》』であった。部下である『梅』と『竹』は、『松』によって雇われた傭兵《ようへい》に過ぎなかったのである。

「ワタシの暗殺スタイルは『豪華絢爛《ごうかけんらん》』です。暗殺とは仕事《ビジネス》であると同時に、芸術《アート》でなければいけません。魔法後進国の人間に、これ以上の後れを取ることはないでしょう」

アルスの与《あず》り知らないところで、神聖都市から送られてきた最後の刺客《しかく》が動き出そうしていた。

〜〜〜〜〜〜〜〜〜〜〜〜〜〜〜


それから。

サッジの提唱する『モテバトル』が終わってから数日の時が過ぎた。

あの事件以降は、特に何事もなく平穏に過ごすことができている。

結局、俺を襲ってきた『竹』とかいう刺客は、重傷を負って、暫《しばら》く尋問できるような状況ではなくなってしまった。

命に別状はないということなので、そこに関してはホッとしている。

俺を狙っている首謀者《しゅぼうしゃ》とやらが判明するのは、もう暫く先の話になりそうである。

「おはよう、諸君。それでは朝のＨＲ《ホームルーム》を始めるとしようか」

さて。そんなことを考えていると、教室の中に見慣れた人物が入ってくる。

リアラだ。俺たちクラスの担任教師である。

「《暗黒都市《パラケノス》》の見回りを始めてから一週間が経過した。残念ながら我が校の生徒から補導されたものが三名ほど出たそうだ。幸いなことにウチのクラスから補導者は出ていないが、諸君らも気を引き締めて学園生活を送ってほしい」

リアラは事務的な連絡を続けている。

結局、リアラは《暗黒都市《パラケノス》》で俺と遭遇《そうぐう》したことを学園側に黙ってくれていたようだ。

おそらく、街で助けられたことに感謝をしてくれている、ということなのだろう。

最悪の場合、面倒に巻き込まれる事態も覚悟をしていたのだが、彼女の厚意によって助けられたな。

「さて。次の連絡だが――」

不意に生徒たちに説明を続けるリアラと視線が合った。

「～～～～～ッ⁉」


俺と視線が合うなり、照れたように視線を逸《そ》らす。

ふうむ。俺の思い過ごしだろうか。

あの事件があってからというもの、リアラの態度が妙によそよそしくなっているような気がする。


「なあ。気のせいか。今日のリアラ先生。やけに可愛《かわい》くないか？」

「ああ。いつもクールなのに、最近は雰囲気《ふんいき》が違って見えるな」


やれやれ。

これに関しては俺の深読みであることを祈るとしよう。

今後は別の意味で面倒事に巻き込まれることになるかもしれないな。

9話　遊技場の依頼

とある雨の日の出来事であった。

その日、『とある人物』に呼び出された俺は《暗黒都市《パラケノス》》にある『遊技場』を訪れていた。

「なあ。見ろよ。アイツの席」

「嘘だろ……!?　全部、中心《ブルズアイ》じゃねぇか……!?」

今現在、俺はダーツという遊戯《ゲーム》に興じていた。

的《まと》に向かって羽のついた矢を投げてスコアを競うシンプルな遊戯《ゲーム》ではあるが、様々なルールの遊び方があって奥が深い。

昔、『とある人物』から教えてもらった遊戯《ゲーム》である。

「相変わらず。腕は落ちていないようね。死運鳥《ナイトホーク》」

暇潰しでダーツに興じていると、俺の持っている裏の名前を呼ぶ声があった。

彼女の名前はマリアナ。

何を隠そう、今日、俺をこの場所に呼び出したのは彼女だった。

組織から《女豹《めひょう》》の異名を与えられた俺の先輩にあたる人物である。

「次。１のダブル。６のトリプル。17のシングル」

マリアナに場所をリクエストされたので、寸分、違《たが》わない場所に矢を投げてやる。

随分《ずいぶん》と懐かしい気分になるな。

昔、俺にダーツの遊び方を教えてくれたのは、他でもないマリアナであったのだ。

「お客様。ドリンクの注文は如何《いかが》しましょうか」

俺の前に現れたのは、この遊技場の店員であった。

むう。この店員、やたらと眼光が鋭いな。

しかも一般人としては異様に鍛え上げられた体をしている。

今のところ敵意はないようだが、念のために警戒しておくことにしよう。


「それではミルクをもらおうか」

「私も同じのでいいわ」

「かしこまりました」


ドリンクのオーダーを得た店員は、店の厨房《ちゅうぼう》の中に姿を消していく。

ふむ。足音を立てない特殊な足運びだ。

やはり、一般人とは思えないな。

まあ、大丈夫だとは思うが、念のため、後で毒物が入っていないか確認しておくとしよう。


「で、俺に何の用だ」

マリアナが俺を呼び出したということは、何かしらの目的があってのことなのだろう。

そう考えた俺は、さっそく本題を切り出してみることにした。

「ふふふ。堅苦しい話は後にして、まずは遊びましょう」

マリアナは、装置の中にコインを入れる。

ダーツボードが煌《きら》びやかな光を放っている。これはゲーム開始を知らせるサインだ。

「なあ。見ろよ。あそこにいる女……」

「嘘だろ……。信じられない程の上玉だぜ……!?」

やれやれ。

マリアナと二人でいると、何かと周囲の注目を集めてしまって嫌なのだよな。

とはいえ、今は他にやることがないので仕方がない。

俺はダーツのルールに倣《なら》って、手元にある三本の矢を的に向かって投げていく。

「今日、貴方《あなた》を呼びだしたのは他でもないわ。貴方に任せたい依頼があるの」

暫《しばら》くダーツに興じているとマリアナは、唐突《とうとつ》にそんな言葉を口にする。

「それは組織の仕事か？　それとも個人的な依頼か？」

現在、俺たちが競っているのは、クリケットと呼ばれる遊び方だ。
この競技の本質は『陣取りゲーム』である。
ルールがやや複雑であり、狙った場所に正確に矢を当てる技術が要求されることから上級者向けの遊び方として知られていた。

「両方よ。組織から受けた仕事だけど、貴方に任せたいと思ったのは、私の個人的な判断」

マリアナのダーツの腕前も相当なものだ。
互いの実力は、互角といったところだろうか。

「悪いが、受けることはできない」

ゲームは常に一進一退の攻防が続いていた。

少しでも気を抜けば、逆転を許してしまいそうであるが、現状は俺が僅《わず》かにリードしている。

「俺は普通の学生として生きると決めたんだ。組織の仕事とは距離を置くことにしている」

その言葉は俺にとって嘘偽りのない本音であった。

たとえそれが、長年、仕事を共にしてきた仲間の依頼であっても同じことである。

「へえ。それは幼い頃、貴方のお世話をした『恩人』である私の頼みであっても聞けないというの？」

やけに含みのある言い方をするのだな。

マリアナには、たしかに色々と世話になった。

具体的には幼い頃の俺に『魔力移し』を施《ほどこ》して、魔力を鍛えてもらった過去があったのだ。

『ふーん。キミが噂《うわさ》のジェノスの秘蔵《ひぞ》っ子《こ》ね』

その時、俺の脳裏《のうり》に過《よぎ》ったのは、初めてマリアナに抱かれた日のことであった。

『結構タイプかも。おいで。お姉さんがたっぷりと可愛《かわい》がってあげるから』

生き残るために、強くなるために、必要な当然の手段だった。

当時八歳だった俺は、マリアナから『玩具《おもちゃ》』のように扱われることによって、生きるために必要な糧《かて》を得ていたのだった。

『キミ、こんなところが気持ち良いんだ。女の子みたい。可愛い』

マリアナには散々、色々な意味で可愛がってもらった。

彼女から学んだ『夜の技』は、役立っているので、別に恨んでいるわけではないのだけれどな。

「あっ」

しまった。僅かに狙った場所を外してしまったか。

本来であれば、15のトリプルを狙わないといけない場面であったのだが、まったく無関係な10のシングルに刺さってしまった。

ゲームの途中に余計なことを考えるものではなかったな。

ダーツとは互いの集中力を競うゲームでもあるのだ。

「ふふふ。チェックメイトよ」

俺の失投をマリアナは見逃さない。

最後の最後に逆転を許してしまった。

やれやれ。

たかだか、ゲームとはいえ、誰かに敗北するというのは、随分《ずいぶん》と久しい気がする。

「珍しいわね。完全無欠の死運鳥《ナイトホーク》が失投するなんて」

「……まあ、俺も人間だからな。ミスをすることもある」

身内が相手だからといって少し気を抜きすぎたな。

俺としたことが迂闊《うかつ》だった。

長らく仕事に出ていなかったので、気持ちが緩《ゆる》んでいた部分もあるのかもしれないな。

「ところで、次は利《き》き腕を使っても良いか？」

「冗談は止めてよね。それじゃあ、ゲームにならないわ」

狙った場所に一〇〇パーセント的中することができてしまえば、ダーツは途端にゲーム性を損《そこ》なうことになる。

いつ頃からだろうか。

そういうわけで俺は、マリアナとクリケットをする時は、利き腕を封印してゲームをするようになっていた。

「よお。兄ちゃん。ゲームが終わったようだな」

「今度はオレたちと遊んでくれよ」

ふう。面倒だな。

俺たちのゲームが終わったタイミングを見計らって、客の男たちが俺たちの間に割って入ってきた。

似たようなことは過去に何度もあった。

マリアナと一緒にいると、どういうわけか色々な男に絡まれることが多いのだ。

「そうだ。兄ちゃん。オレたちと玉突きをしようぜ」

玉突きか。別名、ビリヤードと呼ばれている遊戯《ゲーム》だな。

この遊技場ではダーツと並んで人気を誇るゲームだ。

「ルールは簡単。より多くの球を落とした方が勝ちのベーシックだ」

「なあ。勝った場合は、お前の彼女を少しばかり貸してくれよ」

なるほど。

どうやら男たちはマリアナの美貌《びぼう》に惹《ひ》かれて錯乱《さくらん》しているようだな。

「ふへへ。なんだよ、この美女は……」

「たまんねぇな。反則だろ。この体……。玉突きの後は、オレ様の肉棒でガンガン突いてやるぜぇ」

俺が勝利した場合のメリットは、特に提示されることはないようだな。

男たちはマリアナの体を眺め回すのに夢中のようである。

随分とハイリスク・ノーリターンのギャンブルがあったものだな。

通常であれば、引き受ける利点のない提案だ。

「綺麗《きれい》な花には、取るに足らない小虫が集まるものよ。アル。貴方《あなた》が摘《つ》み取ってちょうだい」

ふむ。マリアナが言うのであれば、遊んでやることにしよう。

こういった手合いを黙らせてやるには『力の差』を見せるのが最も効果的ではあるのだ。

「分かった。一球だけ付き合ってやろう。ただし、先行は取らせてもらうぞ」

ビリヤードであれば、その辺のゴロツキたちに後れを取ることはないだろう。

棒《キュー》を手にした俺は、姿勢を低く取って、構えてやることにした。

「あれ……？　兄ちゃん。それ、利き腕と逆じゃねえか？」

ふむ。この男たち、単なるクズというわけではないようだな。

それなりに観察力があり、ゲームに精通しているようである。

だが、今更、気付いても遅いな。

見ず知らずの他人が相手であれば、ハンデを与えてやる必要はないということだ。

俺は、目の前の白色の球を突いて、合計で十五個の球を崩してやることにした。

カンッ！　という甲高《かんだか》い音と共に十五個の球は散らばっていき、壁に衝突した。

ふむ。弾道計算は完璧《かんぺき》だな。

この勢いが続けば、ゲームは間もなく終わることになるだろう。

「…………!?」

周囲にいる人間たちも異変に気付いたようだな。

やがては合計で十五個のボールは、一個残らず、テーブルに作られた穴の中に吸い込まれていく。

「バカな……!?　これは一体……!?」

「嘘だろ……!?　たったの一回で全てのボールを落としやがった……!?」

他愛《たわい》ない。

この俺にベーシックルールを仕向けてきたのが、彼らの敗因だろう。

先行を取れれば、俺が負ける道理はないのである。

「流石《さすが》は死運鳥《ナイトホーク》。私が挑んだのが、玉突き《ビリヤード》でなくて良かったわ。それで、さっきの話の続きなのだけど」

話の続き、とは、先程の仕事の依頼についてだろう。
俺はマリアナの言葉を待たずに返答をすることにした。
「今回だけだぞ。その仕事、受けてやる」
考えようによっては、この状況はチャンスかもしれない。
マリアナが他人に仕事を依頼するのは、珍しいことなのだ。
ここで仕事を引き受けて、幼い頃の借りを返しておくのも悪くはないだろう。

10話　新たな仕事は貴族のパーティー

でだ。

マリアナから依頼を受けて、俺が向かった先は王都の一画に作られた高級住宅街のエリアであった。

ふうむ。

この辺の道のりは、普段あまり訪れることがないのだが、改めてみると趣《おもむき》深いな。

金持ちたちが競うように趣向を凝《こ》らした家を建築している。

家の一つ一つが高い塀《へい》によって囲われており、通行人の数も少なく、不気味さすらも感じる。

まさに貴族たちの住まう高級住宅街という感じであった。

【オリオード家　生誕一〇〇周年　記念パーティー】

さて。今日の目的地は、そんな高級住宅街の中でも、一際《ひときわ》に贅《ぜい》を尽くして建てられた大豪邸だ。

敷地面積だけで二百坪《つぼ》くらいはありそうだな。

土地を売るだけでも一生、遊んで暮らせる大金が手に入りそうである。

「そうなんだ。今、巷《ちまた》ではチューリップという花の値段が急激に上がっているらしい」

「なるほど。だから今の内から球根を買い占《し》めておけば、大儲《おおもう》けができるというわけか」

「ああ。働くなんて、バカのすることだ。これからの時代は『情報戦』よ。情報を制するものが大金を得るのだ」

「違いない。庶民《しょみん》たちが汗水を垂らして働いている中、我々は寝ているだけで、大金を手にするわけだな」

強欲な貴族たちの元には、同じような輩《やから》が集まるということなのだろう。

指定された場所に向かってみると、貴族たちが、きな臭《くさ》い会話を繰り広げているようであった。

「来たわね。アル」

屋敷の正門前に到着すると今日、俺を呼び出した人物が先に待機しているようであった。

煌《きら》びやかなドレスにマリアナは否《いや》が応《おう》でも周囲の視線を引き寄せる。

悲しいかな。

パーティーに集まった他の貴族の娘たちも決してレベルが低いわけではないのだが、マリアナと比べると、貧相な牛蒡《ごぼう》のように見えてしまう。

「ふふ。よく似合っているわね。その衣装」

マリアナからの指示もあって、今日の俺は貴族のパーティーに合わせて、タキシードに着替えていた。

色は白色だ。

俺には最も似合わない色だが、マリアナに指示された以上、着ないというわけにもいかない。

「それでこそ、私の婚約者《フィアンセ》に相応《ふさわ》しいわ」

「…………」


そう。

実のところ、今日、俺はマリアナの婚約者という立場に偽装しているのだ。

服の襟《えり》には貴族の証《あかし》である星の紋章まで着けられている。

本来であれば、庶民が貴族を騙《かた》るのは大罪ではあるのだが、今の組織の権力《ちから》があれば、その辺のことは揉《も》み消すことができるのだろう。


「念のため、確認しておくけど、仕事の内容は頭の中に入っている？」

「大丈夫だ。問題ない」


今回の仕事の内容は、貴族のパーティーの警護任務である。

高位の貴族が集まるイベントというのは、テロリストの標的として狙われやすい。

だが、警備の人間をゾロゾロとパーティーに配置するのは、貴族たちの不評を買うことになるのだ。

そこで、不測の事態に備えて、《ネームレス》のメンバーが少数精鋭のボディガードとして当たるのが習わしとなっていた。

過去に類似《るいじ》した任務については幾度となく受けたことがあった。

「どうしたの。腑《ふ》に落ちないように見えるけど」

「…………」

まあ、納得のいかない部分はある。

それは、どうしてマリアナが今回の依頼に俺を呼んだのか？　ということだ。

今回の任務は取り立てて特筆するべき特徴がない凡庸《ぼんよう》なものだ。

俺の力が必要な理由が見えてこない。

「別に。いつものことさ」

依頼人の意図を読み取ることは、プロの暗殺者《アサシン》としては不要である。

与えられた仕事を淡々と遂行《すいこう》することがプロとしての責務だろう、

〜〜〜〜〜〜〜〜〜〜〜〜〜〜〜〜〜


それから。

正門の前でマリアナと合流した俺は、屋敷の中に足を踏み入れていた。

案内されたのは、百人以上の人間たちが入れそうな大広間であった。

「ようこそ。オリオード家の記念パーティーへ」

広間に入るなり、俺に声をかけてきたのは、細見のシルエットでありながら、やけに鍛え上げられた肉体を持った執事風の男であった。

「こちらサービスのウェルカムドリンクでございます」

ふむ。単なる使用人にしては、やけに眼光が鋭いな。

この男、何やら怪しい臭《にお》いがするな。

俺の思い過ごしだろうか？

初対面なはずなのに、以前に何処《どこ》かで会ったような気もするぞ。

身体強化魔法発動――《解析眼》。

そこで俺が使用したのは、《解析眼》と呼ばれる魔法であった。

なるほど。

念のため、確認してみたが、毒は入っていないようだな。

今回に関しては、俺の杞憂《きゆう》、ということだろうか。

いずれにしても用心するに越したことはなさそうである。

「こちらは来場者の方々に配っております生花になります。どうぞ。入館証の代わりとして胸元に飾って下さいませ」

どうやら参加者には、それぞれ、異なる種類の花が贈られるようだな。

俺に贈られた花は、赤色の立派な花であった。

はて。この花はなんだったかな。

放課後、レナと一緒に植物図鑑を読んでいる時にチラリと見たような気がするのだが、詳細な内容までは思い出すことができなかった。

むう。一度、得た情報を知識として定着させるのは、案外、難しいものなのだな。

「へえ。そこにいるのは誰かと思ったら……。マリアナ嬢ではないか」

突如として俺たちに声をかけてくる男がいた。

年齢はおそらく二十代の中頃だろうか。

身なりからして、裕福な貴族であることが一目にして分かる。

「おや。初めて見る顔もいるみたいだね」

俺の姿を一瞥《いちべつ》するなり、男は人を小馬鹿にするような態度で呟《つぶや》いた。

「失礼。紹介が遅れたね。ボクの名前はレアード。このオリオード家の次期主《あるじ》を務める男さ」

なるほど。この男がオリオード家の代表というわけか。

オリオード家に関する情報は、この仕事を受けた時点で、大まかにだが、調べている。

代々、続く貴族の名家であり、王都の貴族たちの中でも有数の大地主である。

王都の郊外に住んでいる庶民《しょみん》たちは、オリオード家が保有する土地を借りて、そこに住居を構えているのだ。

土地を借りている庶民たちは、毎月、決まった金額をオリオード家に地代として上納する。

この家の人間は、寝ているだけで無限に収入が湧き上がる利権を、生まれながらにして得ているのだろう。


「キミの名前を教えてくれるかな」

「ジョン・スミスだ」


無論、ジョン・スミスというのは、偽名に過ぎない。

この場でアルス・ウィルザードの名は出さない方が良いだろう。

今回のパーティーは貴族以外の人間が参加できないようになっていたので、身分を騙《かた》らざるを得なかったというわけだ。

「へえ。聞かない名前だね。まあ、このボクが一つ星《シングル》の貴族の名前を知っているはずもないか」

俺の服に着けられた一つ星《シングル》の紋章を見るなり、レアードは吐き捨てるように台詞《せりふ》を口にする。

一口に貴族といっても、その関係は対等ではない。

一つ星《シングル》は、領土を持たない貴族であり、その生活レベルは庶民と変わらない場合もあるのだ。

「キミもバカな女だな。マリアナ」

「…………」

俺の思い過ごしだろうか。

レアードに声をかけられたマリアナの表情は、心なしか曇ったものに変化したような気がした。

「ボクという許嫁《いいなずけ》がありながら、冴えない田舎《いなか》貴族を婚約者として選ぶとはね」

ふうむ。気になる情報が出てきたな。

マリアナとは長い付き合いになるが、許嫁がいたという話に関しては初耳である。

だが、二人の間に流れる空気から察するに満更、間違っている話というわけではなさそうだな。

「どうだい。マリアナ。今からでもボクに頭を下げるのなら、キミを第四婦人として迎え入れてやっても良いのだよ」

次にレアードの取った行動は、俺にとって予想外のものであった。

何を思ったのかレアードは、マリアナの肩に手を回そうとしてきたのである。

「やめておけよ。その辺で」

まったく、高位の貴族というのは、どうしてこう判を押したかのように同じような性格をしているのだろうな。

「はあ？　なんだい。キミは。口の利《き》き方が分かっていない男だな。三つ星《トリプル》であるボクに楯突こうというのかい？」

呆《あき》れた男だ。

貴族社会は星の数が全てとはいえ、デリカシーの欠如が甚《はなは》だしいな。

「彼女はワタシの妻です。肌に触れるのは控えて頂きたい」

「…………」

強い言葉で牽制《けんせい》してやると、レアードは唇を強く噛《か》んで悔《くや》しそうな顔を浮かべていた。

「ふふふ。ジョン・スミスといったか。悲しいかな。キミは田舎者であるが故に、我がオリオード家の力を知らないらしい。いいかい。ボクがその気になれば、キミのような弱小貴族なんて簡単に――」

「権力を盾に取り、人の妻に手を出すとは、貴族の風上にも置けませんね。貴方《あなた》は、貴族の矜持《ノブレス・オブリージュ》というものを一から学び直した方がいい」

「〰〰〰〰ッ！」

俺の言葉を受けたレアードは、顔を赤くして、感情を露わにした。

周囲をイエスマンで固めていた弊害《へいがい》か。

おそらく、このボンボン貴族は誰かに非難を受けた経験というものがないのだろうな。

「この田吾作《たごさく》が……。下手に出れば、調子に乗りやがって……。殺す。どうやって殺してやろうか……」

ふうむ。この過剰《かじょう》な反応は少し異常にも思えるな。

俺の挑発を受けたレアードは、下の方を向いてブツブツと不気味な独り言を呟《つぶや》いているようであった。

それから。

暫《しばら》く独り言を呟いていたレアードは、少し間を置いて、開き直ったような表情を浮かべた。

「ふっ……。まあ、良いだろう。いけすかない田舎貴族の処遇は、後でじっくりと考えることにしよう。今日は祝いの席だからね」

それだけ言うとレアードの視線は、俺からマリアナの方に移ることになった。

「いいかい。マリアナ。キミは今日、深く後悔《こうかい》することになるだろう。今回のパーティーを通じてキミたちは、ボクとの格の違いを思い知ることになるだろうからね」

それだけ言うとレアードは、俺たちの元から立ち去っていく。

意味深な発言だな。

だが、このボンボン貴族のことだ。

どうせロクでもないことを考えているに違いない。

「……あの男は？」

笑えないくらいにレベルの低い男だった。

生まれながらにして『与えられる側の人間』は、かくも傲慢《ごうまん》になれるものなのだな。

おそらく、あの男は、生まれながらにして、努力らしい努力をしたことがないのだろう。

だからこそ、年を取っている割に酷《ひど》く幼稚で、何もかもが自分の思い通りになるという慢心を抱いているに違いない。


「昔の男よ。私にとっては、思い出したくもない忌《い》まわしい過去、といったところかしら」


なるほど。

どうしてマリアナが俺をありふれた任務に誘ったのか疑問に思っていたのだが、少しだけ理由が分かった気がする。

おそらく、このレアードとかいう男に付き纏《まと》われることを避けるために、男手が必要だったのだろうな。


「まったく、嫌になるわ。高位の貴族といっても女に生まれると、両親にとっては政治の道具に過ぎないのよね」

俺の思い過ごしだろうか。

そう言って語るマリアナの眼は、何処《どこ》か闇を抱えているように見えた。

ふうむ。

そう言えば、マリアナは貴族同士の柵《しがらみ》に嫌気がさして、組織に入ったと言っていたのだな。

貴族に生まれたからといって、確実に幸せになれるとは限らないのだろう。

今回の一件を通じて、マリアナが抱えている心の闇が、少しだけ見えてきたような気がするな。


～～～～～～～～～～～～～～


それから。

予定していたパーティーは、無事に開催されることになった。

今のところ、特に大きなトラブルは起こっていないようだが、油断することはできない。

経験上、事件の起きる任務というのは、前もって『予兆』のようなものを感じることが多いのだが、今回のイベントは、この例に当てはまるように感じるのだ。

「まったく。退屈なイベントですね」

俺がそんなことを考えていると、男から声をかけられる。

クロウだ。

暫く《大監獄》の中に収容されていたクロウであったが、脱獄時に俺を手助けしたことが評価されて、晴れて新体制の《ネームレス》に採用されることになった。

どうやらクロウは、マリアナと一緒にパーティーの警護の任務に当たっているらしい。

「ラベルだけが立派な質の悪い葡萄酒《ワイン》。金色のメッキで装飾された食器。来場者たちは、親から無条件に与えられた地位を自慢するのに必死で、他者の話を聞く気がない。酷く空虚な場所ですね。ここは」

それについては、否定はしない。

クロウは組織に入ったばかりで慣れていない部分もあるのだろう。

貴族のパーティーなんてものは、何処も似たり寄ったりなものなのだ。

「おやおや。どうやら更なる茶番が始まるみたいですね」

広間の入口の方に何やら人々が集まっているようだ。

何かしらの催《もよお》し事が開催されるみたいである。

「それでは、これよりオリオード家の秘蔵コレクションの展覧会を始めます」

マイクを片手に仕切り始めたのは、先程、入口で入館証代わりに俺に花を渡してきた執事風の男であった。

執事の男の手引きによって、台車に乗せられて様々なアイテムが運ばれてきたようだ。

「まずは、左手に置かれている品から紹介いたします。こちらに見えますのは、かの有名な陶《とう》芸家《げいか》ゴードンが作った由緒《ゆいしょ》正しき壺《つぼ》でして――」

執事の男の退屈な解説は続いていく。

おいおい。

もしかしたら、今この場に出ている品を全て解説する気ではないだろうな。

……。

…………。


残念ながら、俺の悪い予感は的中していたようである。

それからというもの退屈なコレクションの解説は、長々と続くことになった。

「ふふっ。どうだ。これがオリオード家の圧倒的な財力だ。マリアナも今頃、ボクを袖《そで》にしたことを後悔しているに違いない」

コレクションの解説が続いて、場が白けているにもかかわらず、ニヤニヤと異様な笑みを浮かべている男がいた。

先程、俺に絡んできたオリオード家の次期主であるレアードだ。

『マリアナ。キミは深く後悔することになるだろう。今回のパーティーを通じてキミたちは、ボクとの格の違いを思い知ることになるだろうからね』

その時、俺の脳裏《のうり》に過《よぎ》ったのは、先程、レアードが俺たちに向けた台詞《せりふ》であった。

なるほど。

先程、俺に自信満々に語ってきたのは、このコレクションの自慢を見越してのものだったのだろう。

実にくだらない。

貴族の考えることは、まったく分からないな。

「そして最後のコレクションとなりますのは、今日のイベントの最大の目玉となるものです」

異変が起きたのは、執事の男が意味深な解説をした直後であった。

んん？　なんだ。この妙な気配は？

何か巨大な生物が俺たちの元に近付いてきているようである。

「おいおい……。嘘だろ……？」

「なんだよ……これは……？」

会場にいる人間たちは、衝撃的な光景を前にして唖然《あぜん》としているようであった。

広間の中に現れたのは、ドラゴンだ。

その体長は、優に五メートルを超えているだろう。

ドラゴンの中でも比較的、大型に分類されているタイプだろう。

「スカイドラゴン。ドラゴンの中でも上位の戦闘能力を誇り、懐柔《かいじゅう》するのが難しいとされています。この度《たび》、オリオード家にペットとして新しく加わることになりました」

このドラゴンがペットだと……？

たしかに一部の貴族たちの間では、小型のドラゴンをペットにすることがステータスとなっているという話は聞いたことがある。

だが、このサイズのものは聞いたことがない。

レアードのやつ、一体、何を考えているのだろうか。

「普段は狂暴で、人間を襲うこともありますが、今は特殊な薬物で大人しくしておりますので、ご安心ください」

特殊な薬物で大人しくしている、か。

俺の眼からは、とてもそんな風には見えないけどな。

「フハハハハハ！　どうだい。これがオリオード家の財力さ！　ボクがその気になれば、こんなに大きいドラゴンを従えることすらもできる。ボクは凄《すご》い！　凄いんだ！」

ドラゴンが紹介されて良い気になったのだろう。

得意気な表情を浮かべたレアードは、そのままドラゴンに近付いていく。

「ほら。トカゲ！　今すぐボクの前に跪《ひざまず》くのだ。我がオリオード家に忠誠を誓うがいい！」

やれやれ。

ドラゴンが人間の言葉を理解できるはずがないだろう。

仮に理解できたとして、この男の命令にだけは従いたくはないと思うのだけれどな。

異変が起きたのは、俺がそんなことを考えていた直後のことであった。

「グギャアアス」

やはり、このドラゴン、必要以上に元気なようだな。

大きな口を開いたスカイドラゴンは、目が冴えるような咆哮《ほうこう》を上げた。

「ひいっ！」

スカイドラゴンの威嚇《いかく》を受けたレアードは、恐怖のあまり、その場で尻餅《しりもち》をつくことになった。

ふむ。どうやら、このドラゴン、薬物を投与されて、落ち着くどころか、逆に狂暴になっているようだな。

このままでは制御不能になったスカイドラゴンによって、パーティーは壊滅的な被害を受けることになるだろう。

ドガシャアアアン！

やはり、こうなるよな。

錯乱《さくらん》したドラゴンは、手始めに目の前にあるテーブルをひっくり返す。

「う、うああ！」

和気藹々《わきあいあい》としていたパーティー会場は、一転して、地獄の様相を呈した。

大きく翼を開いたドラゴンは、移動を開始したようだ。

ふむ。狙いは俺か。

だが、腑《ふ》に落ちないことがある。

この会場に集まった人間は、ザッと数えて百人は下らないだろう。

他の人間たちには目もくれず、ドラゴンが俺だけを狙ってくる理由が解せないところではあるな。


そうか。今、全てを理解した。


花の匂《にお》いか。

会場に集められた人間たちには、それぞれ異なる種類の花が配られていた。

遅くなったが、ようやく思い出した。

以前に図書室の中で確認した植物図鑑に書いてあったな。

俺に配られた花は『紅姫草』と呼ばれるものだ。

南国の限られた場所にのみ生息している草花である。

この花の特徴は、なんといっても特定のドラゴンを興奮させる匂いを有していることだ。

使い方によってはドラゴンを誘き寄せることが可能であり、遥《はる》か昔に存在していた冒険者と呼ばれる職業の人間たちに重宝《ちょうほう》されていたらしい。

「おい！　バカ！　押すんじゃねえ！」

「貴様こそ！　私は三つ星《トリプル》の貴族だぞ！　他の人間たちに優先して、避難する権利があるはずだ！」

やれやれ。

貴族同士の仲違《なかたが》い、というのは、こうも醜《みにく》いものなのだな。

来場者たちが一斉に狭い出口に向かっていった結果、会場は大混乱に陥《おちい》っているようであった。

このままではドラゴンに殺される前に貴族同士で自滅することになりそうだ。

「死運鳥《ナイトホーク》。ここは我々の出番ですよ」

「アル。ここは私たちに任せて、貴方《あなた》はドラゴンの相手」

ふむ。ここはクロウとマリアナの言葉に甘えさせてもらうことにするか。

元々、二人は純粋な戦闘員というわけではないからな。

今回の仕事の配分は、適材適所というところだろう。

「グギャアアアス」

スカイドラゴンの攻撃。

スカイドラゴンは、その巨大な鉤爪《かぎづめ》を俺に向かって振り翳《かざ》してくる。

シュオンッ！

寸前のタイミングで避けることに成功したが、俺でなければ今の一撃で頭を吹き飛ばされていただろう。

この状況、偶然の一致というわけではなさそうだな。

明らかに作為的なにおいを感じるぞ。

「ふふふ。貴方《あなた》には、踊り狂って死んでもらいますよ。死運鳥《ナイトホーク》」

何気なく会場の出口に視線を移すと、誰よりも早く安全な場所に陣取り、混乱するパーティー会場を眺めている人間がいた。

執事服の男だ。

なるほど。

あの男はたしか、俺に『紅姫草』を手渡してきた張本人《ちようほんにん》だったな。

そうか。今、全てを理解した。

つまりは、これも俺を狙った暗殺だった、ということか。

随分《ずいぶん》と手の込んだ『豪華な暗殺』もあったものだな。


『お客様。ドリンクの注文は如何《いかが》しましょうか』


今にして思えば、あの執事服の男は、マリアナから依頼の内容を聞かされた『遊技場』の店員と似ているな。

おそらく、この男は『遊技場』で盗聴に成功をして、俺が会場に訪れることを知ったのだろう。

短期間でこれだけ周到に暗殺の準備を整えてくるとは、随分と手際《てぎわ》の良い奴である。

「おい！　なんだよ！　あれは⁉」


会場の中にいた誰かが叫んだ。

ふむ。どうやらドラゴンがブレス攻撃の準備に入ったようだ。

高位のドラゴンの中には、口から灼熱《しゃくねつ》の炎を吐いて攻撃してくる生物もいると聞いたことがあったのだが、この個体は当てはまるようである。

さてさて。どうしたものか。

ここでブレス攻撃を避けることは、俺にとって造作《ぞうさ》もないことである。

だがしかし。

強力なブレス攻撃が発動されれば、会場にいた人間たちから大量の犠牲者《ぎせいしゃ》が出ることになるだろう。


「うわあああああああああああああ！　殺される！」

「おい！　警備の人間は何をやっている！　ワシを守らんか！」

命の危機に瀕《ひん》した貴族たちは、それぞれ、喚《わめ》き散らしているようだ。

やれやれ。

面倒ではあるが、今回は少し手間をかけて対処する必要がありそうだな。

そこで俺が目を付けたのは、近くにあった純白のテーブルクロスであった。

俺はテーブルの上に置かれていたテーブルクロスを抜き取ることにした。


シュオンッ！


その際、テーブルの上に並べられた色とりどりの料理を散らかさないよう気を遣うことも忘れない。

貴族たちが集まる場所は、戦闘もエレガントなものが求められるのである。

「おいおい……。この坊主《ぼうず》、只者《ただもの》ではないぞ」

「信じられないわ。グラスの中のワインが一滴も零《こぼ》れていないなんて」

俺の手際を目の当《ま》たりにした貴族たちは、口々にそんなコメントを残していた。

やれやれ。

この程度で驚かれて困るのだけれどな。


「だが、あんな布切れで何をしようっていうんだ⁉」


会場にいた貴族の一人が疑問の言葉を口にする。

たしかに、ここにあるのは、何の変哲もない只の布切れである。

けれども、魔法を施《ほどこ》すことによって、有用な盾として利用することが可能となるのだ。

付与魔法発動――《耐火強化》。

そこで俺が使用したのは、火に対する耐性を向上させる付与魔法であった。

よし。これで準備は完了だ。

タイミングを見計らいつつも俺は、ドラゴンの口元に向かって、強化したテーブルクロスを投げてやることにした。

ふむ。

場当たり的な対応にはなってしまったが、上手《うま》くいったみたいだな。

スカイドラゴンの口はテーブルクロスによって包まれて、炎の被害を最小限に留めることができたみたいだ。

「グギャアアアス」

さて。炎を捌《さば》いた後は、ドラゴンの本体を調理しなければならないな。

俺はスカイドラゴンへの攻撃の次の一手を考えることにした。

「ハハハッ……。な、なんなんだよ。これは……。現実なのか……？」

チラリと横目で確認すると、レアードは愕然《がくぜん》として立ち尽くしている。

想像力のない奴だ。

普通、このドラゴンを室内に連れてきた時点で『最悪のケース』を想定するべきだ。

恵まれた生活を送っていただけに『自分に限っては大丈夫だろう』というバイアスが働いているのだろう。

ガシャ！　ガシャアアン！

スカイドラゴンが暴れる度《たび》に、室内はグチャグチャに荒らされて、人々は阿鼻叫喚《あびきようかん》の様を呈した。

やれやれ。

この惨状《さんじよう》では、あまり時間をかけていられる余裕はなさそうだな。

俺はジャケットの内ポケットから銃を抜いて、トリガーを引く。

ガキンッ！

次の瞬間、少し驚くべきことが起こった。

俺の銃弾は、ドラゴンの皮膚《ひふ》によって弾き返されることになったのだ。

なるほど。高位のドラゴンというだけあって一筋縄《ひとすじなわ》ではいかないようだな。

驚異的な皮膚の強度だ。

このドラゴンを無力化するには、相当に強力な魔法を使う必要がありそうだ。


「まずい！　こっちに来るぞ！」

「ひぃ！　助けてくれ！」


難しい状況だ。

ここでスカイドラゴンを倒せる威力の魔法を発動すれば、会場に集まった人間たちまで範囲が及ぶことになるだろう。

であれば、仕方がない。

被害を最小限に留めながら、ドラゴンを無力化する方法が一つだけある。

少し面倒ではあるが、『アレ』を試してみることにするか。

俺は敵の様子を観察して、ドラゴンの攻撃を俊敏に避け続ける。


「…………!?」

よし。どうやら一瞬であるが、ドラゴンの視界から俺の姿が外れたようだな。
このタイミングであれば、『アレ』を試すことができそうだ。
覚悟を決めた俺は、懐《ふところ》に忍ばせた仕込みワイヤーを投げてやる。
目指したのは、高い天井に吊るされたシャンデリアである。
俺は伸縮自在のワイヤーを操り、一瞬のうちにシャンデリアに摑《つか》まり、上に乗った。

「フガッ……？」

不意に俺の姿を見失うことになったからだろう。
スカイドラゴンは、キョロキョロと周囲を見渡して、困惑しているようであった。
さて。これで敵を倒す準備は整ったな。

水魔法発動──《水流刃《ウオーターカッター》》

そこで俺が使用したのは、水属性の中級魔法に位置する《水流刃《ウオーターカッター》》だ。

俺が魔法を使用した次の瞬間。
人差し指の先から高圧力の水流が射出される。

シュパンッ！

狙った先はシャンデリアと天井を繫《つな》ぐ金属である。
強烈な水流によって繫ぎ目は切断されて、シャンデリアは真下にいるドラゴンに向かって落下していく。

ドガシャアアン！

無駄に大きなシャンデリアが役に立ったな。
強力な魔法を使わずとも、ドラゴンを仕留めることはできるのだ。

「グギァッ！」

脳天に巨大なシャンデリアが直撃したスカイドラゴンは、鈍い声を上げたまま地に伏せた。
俺の攻撃を受けたスカイドラゴンは、ピクピクと体を痙攣《けいれん》させて、やがては動かなくなった。
ふうむ。どうやら気絶しているだけで生きているようだな。
ドラゴンには罪はないので、どうにか生き残っていてほしいものである。

「な、な、なっ……」

俺の動きを前にしたレアードは、金魚のようにパクパクと口を動かしている。

「なんなんだよ！　コイツはぁぁぁあああああああああああああああああああああああああああああああああああああ⁉」

広間の中にレアードの悲痛な叫びが響き渡る。
残念ながら格の違いを思い知るのは、この男の方であったな。

「ブラボー！　いや、ブラボー！」

「素晴らしい！　若いのに大した度胸だ！　キミは何者だ？」

事件が片付いたところで、ギャラリーたちが俺の周りに集まってきた。

むう。少し目立ち過ぎたか。

本来であれば、隠密《おんみつ》に問題を対処するのが理想であったが、色々と例外的なケースであったので仕方がないか。

「是非《ぜひ》とも、我が家の専属のボディガードとして雇われてほしい！　金なら出す！」

「抜け駆けはズルいぞ！　是非ともワタシのところに！　こちらは相場の倍額を払っても良いぞ！」

やれやれ。

この非常事態だというのにビジネスの話か。

高位の貴族というのは、随分《ずいぶん》と商魂逞《たくま》しいのだな。

「おい！　これは一体どういうことだ！」

一方で立場を悪くしていたのは、パーティーの主催者のレアードであった。

レアードの周囲にも、貴族たちが集まっているようであった。

こちらは、称賛される様子ではなさそうだな。

「キミは大変なことをしてくれたな！　危うく死んでしまうところだったぞ！」

「貴殿の家との取引は今後、全て断らせてもらうよ。金輪際《こんりんざい》、ワタシとは関わらないでほしい」

男たちが怒るのも無理はない。

自分のくだらない自己顕示欲を満たすために、これだけ多くの人間の命を危険に晒《さら》したのだ。

パーティーの主催者である次期主様の責任は重そうである。

「いやっ。ちがっ！　ボクはハメられていたんだよ！　完全に騙《だま》された！　被害者なんだ！」

やれやれ。これだけの失態を犯したにもかかわらず、レアードは現実を受け入れられていないようだな。

「クソッ！　クソオオオ！」

本日、二度目のレアードの叫びが会場の中に響き渡る。

いかに三つ星《トリプル》の貴族とはいえ、この失態の罪は軽いものではないだろう。

レアードの立場は危うくなりそうだな。

こうして、突如として勃発《ぼっぱつ》したスカイドラゴン襲撃事件は、幕を閉じることになるのだった。

一11話一　一夜限りの契約

それからのことを話そうと思う。

暫《しばら》く平和な時代が続いており、報道機関もネタに飢えていたのだろう。

高位の貴族たちが集まるパーティーで起きたセンセーショナルな事件は、瞬く間の内に王都を駆け巡ることになった。

『そうだ。ボクは最近、雇った執事の男にハメられたんだ。名前はたしか『松《しょう》』と名乗っていたぞ！』

記者の質問に対してレアードは、そんな証言を残していたらしい。

曰《いわ》く。

スカイドラゴンをペットとして手懐ければ、自分を袖《そで》にしたマリアナを振り向かせることができるという風に説得されたのだとか。

呆《あき》れた男だ。

結局、レアードは許嫁《いいなずけ》であるマリアナを振り向かせるどころか、取り返しのつかない失態を犯すことになったのだ。

『ゆ、許してくれ！　ボクが今まで、どれだけ税金を納めてきたと思っているんだ！　こんな処分はあんまりではないか！』

今回の事件を重く見て政府は、オリオード家に対して、三つ星《トリプル》から一つ星《シングル》に異例の二階級降格の処分を下すことを決定する。

最終的には、持っていた領土のほとんど全てを、国庫に返納することで手打ちとなったらしい。

『クソッ！　今に見ていろよ！　ボクは絶対に、この逆境から這《は》い上がってみせるぞ！　名門、オリオード家の名に懸《か》けて！』

などと本人は証言しているのらしいのだが、正直に言って厳しいだろうな。

今まで利権だけで生活していた人間に庶民《しょみん》が行うような重労働が勤まるとは思えない。

このボンボン貴族が考えている以上に世間というのは厳しいのである。

没落からの逆転ということにはならず、順当に落ちぶれていくことになりそうだ。

貴族の地位を維持するために最低でも、貴族の娘を嫁として迎え入れる必要がある。

魔法の才能というのは、通常、魔法を使える人間同士で子を作らないと引き継がれないのだ。

しかし、この男の元に嫁《とつ》ぎたいと考える貴族の娘がいるのかは甚《はなは》だ疑問である。


〜〜〜〜〜〜〜〜〜〜〜〜〜〜〜〜〜


さて。

今回の任務を親父《おやじ》に報告した俺は、アジトの雑居ビルの屋上を訪れることにした。

仕事が終わった日は、この屋上からの《暗黒都市《パラケノス》》の景色を眺めることが習慣になっていた。

こんな時、煙草《たばこ》の一本でも咥《くわ》えれば、絵になるのだろうが、生憎《あいにく》と俺は喫煙者《きつえんしゃ》ではないのでな。

外の空気を吸う程度のことしかできないのである。

今日は良い天気だ。
けれども、それは世間一般的に言われている『良い天気』という意味ではない。
今日の天気は曇り空だ。
晴れでも雨でもない。
この、どちらとも取れる『灰色』の天気が俺にとっては、居心地が良いのだろう。
やれやれ。
結局、刺客《しかく》の正体は分からずじまいとなってしまった。
まあ、今回の敵は詰めが甘いところが多そうだからな。
いずれは尻尾《しっぽ》を掴《つか》ませてくれるだろう。

「お疲れ。死運鳥《ナイトホーク》」

そんなことを考えていると、不意に背後から声をかけられる。
マリアナだ。
どうやらマリアナも任務の報告が終わったばかりみたいだな。

「今回の依頼、引き受けてくれたことを感謝するわ。私の個人的な事情に付き合わせてしまって悪かったわね」

マリアナの言う『個人的な事情』というのは、許嫁であったレアードとかいう男に絡まれた件について言っているのだろう。

二人の間に何があったのが、俺は知らない。

だが、彼女にとって、既に過去の人間であるということは、その態度から明確に察することができた。

「……別に。どうということはない。俺は任務を遂行《すいこう》したまでだ」

元より俺は過去には興味がない。

いちいち過去を振り返っていては、生き残ることが難しい環境で暮らしていたからな。

「…………!?」

次にマリアナの取った行動は、俺にとって少し予想外のものであった。
何を思ったのか、マリアナは俺の唇にそっと自分の唇を重ねてきたのである。

「なんの真似《まね》だ？」

やれやれ。
随分《ずいぶん》と唐突《とうとつ》な真似をしてくれるのだな。
最後にマリアナと唇を交わしたのは、数年前のことだったので、流石《さすが》の俺も戸惑いの感情が大きい。

「ねえ。久しぶりに私を抱いてみない？」

俺の手を取り、自らの胸に当てたマリアナは耳元で囁《ささや》いた。

「なんだか今日は、そういう気分になってきたの」

その時、俺の脳裏《のうり》に過《よぎ》ったのは、幼き日に初めてマリアナに抱かれた時のことであった。

今から数年前、俺とマリアナは肉体関係にあった。

全ては生き残るため――。

高位の魔法師であるマリアナから『魔力移し』をされることによって、魔力の強化を図っていたのだ。

俺の夜の経験は、ほとんど全てがマリアナから教わったものといって良い。

「一夜限りの契約復活、というわけにはいかないかしら」

マリアナは比類のない美女だ。

年を重ねて、その魅力は衰えるどころか一段と輝きを増しているように見える。

男として、彼女の言葉にまったく気持ちが揺るがなかった、と言えばウソになるだろう。

「いや。やめておくよ」

だがしかし。

そこまで時間をかけずして俺は断りを入れることにした。

「俺たちの契約は終わった。今は新しく契約している奴がいる」

今、ここで彼女の誘いに乗ることは、学園生活を共にしている二人に対する裏切りだろう。

なんとなくだが、そんな気がしてしまったのだ。


「そう。残念」


そっけない態度でマリアナは、短く言葉を返す。

彼女の表情からは彼女の心情を読み取ることは難しい。

深く落胆《らくたん》しているようにも、たいして何も感じていないようも見える。

昔からそうだ。

彼女は誰に対しても決して心の内側を見せようとはしないのだ。

「言いたいことはそれだけか。俺は行くぞ」

決意を固めた俺は、マリアナの元から去ることにした。

俺は過去に囚われない。振り返らない。

たとえ、それが、幼い頃から苦楽を共にした仲間の頼みであっても同じことである。


〜〜〜〜〜〜〜〜〜〜〜〜〜〜〜〜


一方、その頃。

時刻は、オリオード家のパーティーが終わってから数時間後のことである。

ここは《暗黒都市《パラケノス》》の、とある建物の地下に造られた簡易的な事務所である。

その中にアルスの抹殺《まっさつ》を目論《もくろ》んでいる怪しげな男たちの姿があった。

「おい、どういうことだい。キミの暗殺計画は無残に失敗に終わったわけだが」

暗殺失敗の報告を受けて、不機嫌そうに呟《つぶや》くのは、身長一六〇センチほどの小柄な男である。

男の名前はアッシュ・ランドスター。

かつてアルスが戦った宿敵、レクター・ランドスター、ジブール・ランドスターの親族に当たる男であった。

「……返す言葉もありません。完全に想定外の出来事です。彼のような魔法師は、魔法先進国である神聖都市にもおりませんでした」

戦闘が始まる直前までは、松の計画は全て計画通りに進んでいた。

松にとっての唯一の誤算は、高位のドラゴンを相手にしても完全に圧倒してみせた、アルスの規格外の戦闘能力にあった。

「言い訳は聞きたくないな。それで、今回の失態はどうやって取り返すつもりだい？　当然、次の手は考えているのだろうね？」

「…………」

裏の世界に数多《あまた》のコネクションを持つ松にとって次のプランを用意するのは、造作《ぞうさ》もないことであった。

だがしかし。

配下である『竹《ちく》』と『梅《ばい》』は破れて、切り札である『スカイドラゴン』まで失ってしまった以上、成功するビジョンはまったく見えなかった。

「残念ですが、ワタシは、ここで下りさせてもらいます。どんなにカネを積まれても今回の仕事は決して、割に合うものではありません」

既にアルスに顔が割れてしまっている以上、暗殺計画の続行はリスクが付き纏《まと》うことになる。

松にとって暗殺とは所詮《しょせん》ビジネスであり、自分の命を賭《と》してまで実行するものではなかったのだ。

「…………!?」

異変が起きたのは、松が地下室の扉に手をかけようとした直後のことであった。

ガチャガチャッ。

いくらドアノブを捻《ひね》っても、まるで扉が開く気配がない。

「ふふふ。逃げられると思ったかい？」

不審に思って振り返ると、どういうわけかアッシュは、ガスマスクを装着していた。

「なっ――!?」

危険に気づいた時には、もう遅かった。

部屋の中は有毒ガスで満たされて、松の表情は苦痛に歪んでいく。

「ふふふ。元々、キミたちは、捨て駒《ごま》だったのだよ。アルス・ウィザードの力を試すためのね」

満足そうな表情を浮かべるアッシュは、苦しみに悶《もだ》える松を見下ろしながらも言葉を続ける。

「キミたちのような『安い暗殺者《アサシン》』では、死運鳥《ナイトホーク》は殺せない。ボクは研究者だぞ？　そんなことくらい最初から分かっていたさ」

一流の人間は決して金だけでは動かない。

金を払うだけで味方に付けることができる人間の能力など、程度が知れているのである。

「アガッ……。貴様……一体、何を企《たくら》んでいる……」

毒ガスに悶えながらも松は、最後の気力を振り絞《しぼ》り、疑問の言葉を口にする。

「全てはボクの計画通りだったということさ。『キミたち』の肉体は有り難く再利用させてもらうよ。これより計画は次の段階《ステージ》に移行する」

刺客《しかく》を雇ったおかげでアルスに関する戦闘データは十分に揃えることができた。

後は時間をかけて温めていた計画を実行に移すだけである。

毒ガスの充満する地下室の中でアッシュは独り、怪しげな笑みを零《こぼ》すのだった。

あとがき

柑橘《かんきつ》ゆすらです。

『王立魔法学園の最下生』、第五巻、如何《いかが》でしたでしょうか。

最初に述べておくと、今巻は最終巻というわけではありません。

前巻のあとがきあたりから、完結を匂《にお》わせているシリーズなのですが、有り難いことに編集部の方から『追加でもう一冊、出して良いよ』という風に言われました。

おかげ様で、もう少しだけ作家として生きていくことができそうです。

というわけで今回は、前編、後編に分けての構成になっています。

現時点で予定している次巻の内容は『アルス、美術無双』『アルス、音楽無双』『アルス、バイトリーダー無双』というロクでもない内容となっております。

シリーズも終盤に差し掛かっていることは間違いないので、出し惜しみなしのフルスロットルで執筆するつもりです。

それでは。

次の巻でも読者の皆様と出会えることを祈りつつ——。

柑橘ゆすら

この作品の感想をお寄せください。

あて先　〒101-8050　東京都千代田区一ツ橋2-5-10
集英社　ダッシュエックス文庫編集部　気付
柑橘ゆすら先生　青乃 下先生

ダッシュエックス文庫

王立魔法学園の最下生5

～貧困街《スラム》上がりの最強魔法師、貴族だらけの学園で無双する～

柑橘ゆすら

2024年2月27日　第1刷発行

★定価はカバーに表示してあります

発行者　瓶子吉久
発行所　株式会社　集英社
〒101−8050　東京都千代田区一ツ橋2−5−10
03(3230)6229(編集)
03(3230)6393(販売／書店専用) 03(3230)6080(読者係)
印刷所　株式会社美松堂／中央精版印刷株式会社

ISBN978-4-08-631531-9 C0193